Le mariage oublié

LYNNE GRAHAM

Le mariage oublié

Traduction française de
ELISABETH MARZIN

AZUR

HARLEQUIN

Collection : Azur

Titre original :
THE INNOCENT'S FORGOTTEN WEDDING

HARPERCOLLINS FRANCE
83-85, boulevard Vincent-Auriol, 75646 PARIS CEDEX 13
Service Lectrices — Tél. : 01 45 82 47 47

www.harlequin.fr

ISBN 978-2-2804-4531-3 — ISSN 0993-4448

1.

Le cœur de Milly se gonfla de joie quand elle vit le nom affiché sur l'écran de son portable. Brooke ! Il y avait longtemps qu'elle n'avait pas eu de nouvelles de sa célèbre demi-sœur.

Certes, quand Brooke l'appelait, c'était parce qu'elle avait besoin d'elle. Mais c'était toujours un plaisir de lui rendre service, même si elle avait tendance à être désagréable. Si sa sœur était parfois hautaine, c'était sans doute parce qu'elle était trop fière pour manifester son affection. Parce que Brooke était attachée à elle, il n'y avait pas de doute là-dessus. Pourquoi lui ferait-elle autant de confidences sur sa vie privée si elle ne la considérait pas à la fois comme une sœur et une amie digne de confiance ? Il ne leur restait pas d'autre famille, ni à l'une ni à l'autre. Ça resserrait forcément les liens.

Que Brooke ait de nouveau besoin de son aide n'avait rien de surprenant, étant donné l'enfer que lui faisait vivre le tyran possessif qu'elle avait commis l'erreur d'épouser. Quel genre d'homme fallait-il être pour tenter de contrecarrer la carrière de son épouse ? Tout ça pour finir par demander le divorce à cause de rumeurs infâmes sur une prétendue liaison !

« Il n'écoute pas un seul mot de ce que je lui dis ! » avait expliqué Brooke en larmes, la dernière fois qu'elles s'étaient vues. « Il m'a tendu un piège parce qu'il veut se débarrasser de moi. Je suis sûre qu'il a payé ce sale type pour qu'il m'attire par la ruse dans une chambre d'hôtel et qu'il raconte ensuite qu'il avait couché avec moi ! »

Milly prit l'appel, tout excitée.

— Brooke ?

— J'ai besoin que tu te fasses passer pour moi pendant quelques jours.

— Quelques jours ? répéta Milly avec consternation.

Jamais sa sœur ne lui avait demandé un service aussi extravagant !

— Tu sais bien que ça ne peut marcher que si je ne suis pas obligée de parler avec les gens.

— Tu seras cloîtrée dans un palace au cœur de Londres. Tu resteras dans la chambre, si bien que tu n'auras pas à parler à qui que ce soit à l'exception du *room service*.

— Pendant combien de temps ?

— Cinq ou six jours. Pas plus.

— Je ne peux pas m'absenter aussi longtemps de mon travail, Brooke… Je n'ai pas envie de le perdre.

— Tu es serveuse, Milly, pas neurochirurgienne, ironisa sa demi-sœur. Tu peux retrouver une place n'importe où à cette période de l'année. Et s'il faut que je paye ton loyer une fois de plus, je le ferai !

Milly sentit ses joues s'enflammer. C'était vrai, elle pourrait retrouver du travail facilement. Et si Brooke compensait sa perte de salaire en payant le loyer de sa chambre meublée, elle n'avait aucun argument à lui opposer. Sauf que la dernière fois qu'elle avait eu besoin d'aide pour payer son loyer, elle avait été obligée de squatter le canapé d'une amie parce que Brooke avait oublié de lui donner l'argent promis… Mais en réalité, c'était de sa faute, parce qu'elle n'avait pas osé rappeler sa promesse à Brooke. Elle ne pouvait s'empêcher d'avoir honte de l'écart entre leurs niveaux de vie respectifs. Rien d'étonnant à ce que Brooke ait toujours refusé d'être vue en public avec elle. Qu'espérer d'autre ? En fait, elle pouvait s'estimer heureuse d'avoir des relations avec sa sœur…

Brooke avait pris contact avec elle pour la première fois alors qu'elle avait dix-huit ans et qu'elle venait de quitter le foyer pour enfants placés. Elle savait qu'elle était une enfant illégitime, mais elle avait été très choquée par les propos de la demi-sœur qu'elle venait de découvrir. Par la suite, elle avait peu à peu compris pourquoi Brooke se sentait trahie et elle lui avait pardonné ses propos insultants.

« Ta mère était la garce qui a failli briser le mariage de mes parents ! » lui avait lancé Brooke d'un ton cinglant.

Pour être juste avec Brooke, il fallait reconnaître que sa mère avait en effet couché avec un homme marié, pour la plus grande souffrance de l'épouse et de la fille de l'homme en question.

William Jackson, le père de Brooke et de Milly, un négociant en vins très fortuné, avait eu une liaison durable avec un mannequin du nom de Natalia Taylor et avait failli quitter sa femme. William avait succombé à une crise cardiaque alors que Brooke avait quinze ans et Milly neuf. Natalia était morte dans un accident de bus quelques années plus tard et Milly s'était retrouvée dans un foyer, où elle était restée jusqu'à ses dix-huit ans. Lors de leur première rencontre, les deux jeunes femmes avaient été saisies par leur ressemblance. Elles avaient toutes les deux hérité des boucles blond cendré et des yeux violets de leur père. Cependant Milly avait le nez légèrement déformé, ce qui l'empêchait d'être d'une beauté éclatante comme Brooke et la rangeait plutôt dans la catégorie des jolies femmes.

C'était Brooke qui avait eu l'idée d'utiliser Milly comme doublure, soit pour échapper aux événements qui l'ennuyaient, soit pour tromper la vigilance des paparazzis quand elle voulait éviter d'être vue dans certains lieux ou en compagnie de certaines personnes. Brooke était obsédée par son image et tenait à la contrôler par tous les moyens possibles, y compris la retouche photo si nécessaire.

Dans cet esprit, elle avait fait remarquer que Milly ne pourrait l'aider que si elle était prête à se faire « refaire » le nez. Au début, Milly avait refusé catégoriquement. Non pas parce qu'elle aimait son nez, mais parce que c'était le sien et qu'elle était habituée à ses défauts.

Mais Brooke s'était emportée, puis à la grande consternation de Milly, elle avait cessé toute relation avec elle. Quand Brooke l'avait rappelée six semaines plus tard, Milly avait été si soulagée qu'elle avait accepté de subir une rhinoplastie. Avant d'avoir le temps de changer d'avis, elle avait été emmenée dans une clinique privée, où la morphologie de son nez avait été modifiée afin qu'il ressemble à celui de Brooke. Par la suite, un maquillage professionnel avait parachevé sa transformation.

La première fois que Milly avait joué le rôle de Brooke lors d'un gala de charité, elle avait été terrifiée, malgré les vêtements et le maquillage destinés à accentuer sa ressemblance avec sa demi-sœur. Mais personne ne s'était douté de rien, et pour la première fois de sa vie elle avait éprouvé un sentiment exaltant de réussite. D'autant plus que Brooke n'avait pas caché sa gratitude, ce qui lui avait fait chaud au cœur. La fois suivante, elle avait juste eu à descendre d'une limousine pour entrer dans une boutique alors que Brooke se trouvait à des centaines de kilomètres, et l'expérience avait été encore plus agréable. Elle avait découvert qu'il était très plaisant de porter des tenues chics et de faire semblant d'être quelqu'un d'autre. Or sa vie n'avait rien d'amusant avant que Brooke y fasse son entrée.

Milly se mordit la lèvre. En raison du naufrage de son mariage, Brooke vivait une période très pénible. Comment pourrait-elle refuser de lui rendre service ?

— Où seras-tu pendant que je resterai dans cet hôtel ?

— Je prendrai de petites vacances discrètes. Et à ce propos, je vais avoir besoin de ton passeport. Il vaut mieux que j'évite de voyager avec le mien.

Brooke voulait son passeport ? Malgré sa perplexité, Milly ne put s'empêcher de sourire. Des vacances, c'était exactement ce dont sa sœur avait besoin pour lutter contre le stress. Si pour lui permettre d'en prendre il suffisait qu'elle reste quelques jours dans une chambre d'hôtel, il serait très égoïste de sa part de lui refuser son aide.

— D'accord.

— Prends juste un sac. Je t'ai préparé une valise et tu pourras te changer dans la voiture. Je te maquillerai dans la voiture également. Je suis plus douée que toi pour ça. Je passe te chercher. À tout de suite.

Après avoir raccroché, Milly se recoiffa à la hâte, puis elle mit dans un sac son passeport, des dessous de rechange, son ouvrage de tricot en cours et deux livres. Il faisait un temps épouvantable, si bien qu'elle prit soin d'ouvrir son parapluie avant de sortir de l'immeuble. Les cheveux de Brooke étaient toujours parfaitement lisses, sans le moindre frisottis.

Elle marcha une dizaine de minutes jusqu'au café où elle travaillait pour prévenir qu'elle était obligée de quitter son emploi en raison d'une urgence familiale. Brooke avait raison, elle trouverait sans doute une autre place de serveuse très rapidement. Malgré tout, laisser tomber les gens n'était pas dans ses habitudes et elle détestait ça. Comment ne pas se sentir coupable de faire faux bond à un employeur qu'elle appréciait ? Mais après tout ce qu'elle avait enduré dernièrement, Brooke avait vraiment besoin de vacances. En lui donnant la possibilité d'en prendre, elle ne faisait que son devoir. La famille passait avant tout le reste.

La limousine arriva et Milly jeta un coup d'œil à l'intérieur. Vêtue d'une veste noire portée sur une robe fourreau rouge vermillon et chaussée d'escarpins à talons aiguilles, Brooke était sublime. Cependant, elle risquait d'avoir du mal à enlever cette robe à l'arrière de la limousine, même s'il y avait de l'espace…

— Monte, dépêche-toi ! intima Brooke. Il ne faut pas qu'on nous voie ensemble !

— Et le chauffeur ? demanda Milly avec perplexité, quand celui-ci referma la portière derrière elle.

— Je le paie suffisamment cher pour qu'il soit discret ! rétorqua Brooke en fermant la cloison de séparation entre l'avant et l'arrière. Aide-moi plutôt à sortir de cette robe… Oh ! et n'oublie pas de me donner ton passeport.

— Ça ne doit pas être légal de voyager avec le passeport de quelqu'un d'autre, protesta Milly avec embarras. Tu es vraiment obligée de me l'emprunter ?

Brooke la foudroya du regard.

— Je n'ai pas le choix. Si je voyage sous mon nom, je serai repérée. Sous ton nom, je ne serai personne. Je ne risquerai pas d'intéresser qui que ce soit.

Ignorant ce commentaire, Milly sortit son passeport de son sac à contrecœur, puis elle entreprit d'aider sa sœur à s'extirper de sa robe moulante avant de se déshabiller à son tour.

— Bon sang, je ne te vois pas pendant quelques mois et tu te laisses complètement aller ! Tes ongles sont dans un état épouvantable !

Brooke saisit une main de Milly pour regarder de plus près ses ongles courts et non vernis.

— Je suis toujours très soignée. Quand tu arriveras à l'hôtel, cache tes mains. Et ensuite, fais venir une manucure dans ta chambre pour arranger ça avant ton départ.

— Je suis désolée, marmonna Milly en enfilant avec peine la robe rouge.

Elle n'avait pas les moyens de s'offrir des manucures,

mais ce n'était pas le moment de le faire remarquer. Brooke considérait tous les soins de beauté comme essentiels et ne se préoccupait jamais de leur coût.

— Quand penses-tu être de retour ?

— Et en plus tu as repris des kilos ! s'exclama Brooke d'un ton exaspéré. Retiens ta respiration, sinon je ne vais jamais réussir à remonter la fermeture Éclair de cette robe. J'espère que tu ne vas pas la faire craquer !

Milly resta silencieuse. Sans être en surpoids, elle était un peu plus ronde que Brooke et elle mesurait presque trois centimètres de moins. Mais depuis qu'elles se connaissaient, elle avait fait l'effort de perdre pas loin de six kilos afin de pouvoir mettre plus facilement les vêtements de sa sœur. Ce qui l'avait contrainte à se priver de tous ses aliments-réconfort préférés et à refréner son goût immodéré pour le chocolat. Mais c'était vrai que cette robe rouge était un peu juste pour elle…

Brooke enleva ses chaussures et mit un jean sur lequel elle enfila un long pull ample. Après avoir dissimulé ses cheveux sous une casquette, elle sortit des lingettes de son sac pour se démaquiller.

— C'est comme de jouer à l'espionne, commenta Milly, amusée malgré elle.

— Ne fais pas l'enfant, Milly ! Tu ne sais pas ce qui est en jeu dans ces vacances. C'est trop important pour en plaisanter. Je dois profiter de ce voyage pour rencontrer quelqu'un qui peut proposer mon nom pour un rôle dans un film.

Milly fronça le nez.

— Excuse moi, mais pour moi c'est comme un jeu. Et puis j'imagine que ça va être plutôt ennuyeux de rester coincée dans cette chambre d'hôtel. Alors je profite de la partie amusante.

— Il va falloir que tu portes mes bagues… ne les perds pas, surtout ! J'aurai peut-être besoin de les vendre un jour, reconnut Brooke d'un ton crispé en enlevant son alliance et sa bague de fiançailles. Ce pingre de Lorenzo ! Il aurait pu me faire cadeau de quelques millions par galanterie, mais non. Il s'en est tenu strictement aux termes du contrat de mariage. Je ne recevrai pas un penny de plus que prévu. Mon prochain mari sera une icône de la mode ou un acteur. Pas un banquier !

De plus en plus déçue par la mauvaise humeur de sa sœur, Milly mit les bagues puis enfila les escarpins.

— Tu crois que nous pourrons passer une soirée ensemble à ton retour ?

— Pourquoi en aurais-je envie ? rétorqua Brooke en lui tendant sa veste et son sac.

— Ça fait une éternité que nous n'avons pas passé un peu de temps ensemble. Ça me ferait plaisir. Et toi tu te sentirais peut-être mieux si tu parlais plus longuement de ton divorce.

— Je me sens très bien !

Brooke rouvrit la cloison de séparation pour demander au chauffeur d'aller plus vite parce qu'elle ne voulait pas arriver en retard à l'aéroport.

— Au départ, si je me suis mise à ta recherche, c'était par curiosité. Mais je ne suis plus curieuse du tout. Et j'ai été très généreuse avec toi. Je t'ai appris à t'arranger un peu. Je t'ai offert une opération du nez. Que veux-tu de plus ? On n'a aucune chance de devenir amies. Je te rappelle que ta mère a couché avec mon père alors qu'il était marié avec *ma* mère. Tu te rends compte que ma pauvre mère a tenté de se *tuer* à cause de cette liaison ?

Consternée par cette nouvelle révélation, Milly baissa la tête.

— Je suis vraiment désolée, Brooke, mais j'espérais qu'avec le temps… nous pourrions oublier cette histoire. Après tout, nous sommes quand même sœurs.

Brooke lui fit lever le menton pour lui mettre du rouge à lèvres.

— Il est hors de question d'oublier que ta mère a couché avec mon père ! Et de toute façon, l'amitié, ce n'est pas mon truc. Les amis, ça vous laisse tomber et ça colporte des ragots derrière votre dos.

— Je ne ferais jamais une chose pareille !

— C'est vrai que jusque-là, tu es restée discrète. Et tu m'as été très utile. D'accord. Mais nous n'avons rien en commun, Milly. Tu es pauvre, tu n'as aucune instruction et tu ne serais même pas capable de parler correctement si je ne t'avais pas envoyée à des cours d'élocution. Tu tricotes et tu fréquentes les bibliothèques. De quoi pourrions-nous discuter ? Je m'ennuierais à mourir au bout de cinq minutes avec toi.

Milly se raidit. Quelle idiote… Elle avait fermé les yeux pendant trop longtemps sur l'attitude de Brooke à son égard. Elle avait espéré qu'elle finirait pas l'accepter comme sœur et par tourner la page sur les fautes de leurs parents. Mais aujourd'hui, il devenait impossible de nier l'évidence. La rancune de Brooke était tenace et sa colère aussi vive que lors de leur première rencontre.

Brooke rangea sa trousse à maquillage dans son sac et demanda de nouveau au chauffeur d'aller plus vite, d'un ton impatient.

Milly jeta un coup d'œil par la vitre. La pluie ruisselait sur les carreaux et on n'y voyait presque rien. Le temps était au diapason de l'atmosphère qui régnait à l'intérieur de la voiture, songea-t-elle avec un pincement au cœur. Dire que Brooke la trouvait ennuyeuse… Mais il était vrai qu'elles n'avaient pas grand-chose en commun, à part leur père et leur ressemblance physique. Et visiblement, Brooke ne se sentait pas plus proche d'elle en raison de leur lien de parenté. C'était à se demander pour quelle raison elle lui avait confié ses problèmes. Peut-être parce qu'elle avait compris intuitivement que Milly n'était pas du genre à vendre ces informations à un tabloïd.

— Ce sera la dernière fois que je joue les doublures pour toi, déclara Milly, d'un ton calme mais ferme. Et pour être honnête, je préférerais ne l'avoir jamais fait.

— Oh ! je t'en prie ! Tu ne vas pas commencer à faire des manières !

— Je ne fais pas des manières et je n'ai pas l'intention de te laisser tomber. Mais c'est la dernière fois. Ensuite, il ne faudra plus compter sur moi, insista Milly.

Brooke lui adressa un de ses sourires enjôleurs et lui pressa la main.

— Excuse-moi si j'ai été un peu brusque avec toi, mais tout ça s'est décidé précipitamment et je suis sur les nerfs. Nous sommes presque arrivées à l'hôtel. Surtout, ne bavarde pas avec le personnel. Je ne m'abaisse jamais à ça. Reste dans ta chambre, y compris pour les repas, et ne mange pas n'importe quoi. Je suis connue pour mon régime alimentaire très sain et j'ai un programme vidéo de fitness en cours de réalisation. Une fois dans ta chambre, ne te laisse voir par personne. Les gens comprendront. Ils savent que mon mariage est terminé et je paraîtrais insensible si je ne manifestais pas le besoin de m'isoler quelque temps pour soigner mes plaies…

Milly sentit son cœur se serrer. Comment croire à la sincérité de ce sourire et de ces excuses ? Brooke craignait juste qu'elle la laisse tomber. Elle ne ressentait pas la moindre affection pour elle…

Le chauffeur, qui suivait les instructions et roulait très vite, donna soudain un grand coup de frein. Milly tenta de voir à travers la vitre et laissa échapper un cri étranglé. Un camion venait de griller un feu rouge et fonçait droit sur eux. À côté d'elle, Brooke criait contre le chauffeur. Milly tenta de lui prendre la main tout en priant silencieusement, mais elle ne la trouva pas. Il y eut un fracas assourdissant en même temps qu'un choc terrible. Une douleur atroce lui coupa le souffle. Brooke… Brooke ! Sa sœur n'avait pas rattaché sa ceinture après s'être changée…

Lorenzo Tassini, banquier privé de renommée internationale, était d'une bonne humeur inhabituelle. Un peu plus tôt dans la matinée, sa future ex-femme avait enfin signé les papiers du divorce.

C'était terminé. D'ici quelques semaines il serait libre. *Enfin* libre. Débarrassé d'une épouse qui lui avait menti, qui l'avait trompé et qui avait fait plus d'une fois la une de la presse à scandale. Brooke comptait sur sa notoriété pour faire ses débuts au cinéma. S'il la méprisait, c'était surtout à lui-même qu'il en voulait. Comment avait-il pu commettre une telle erreur de jugement ? Rétrospectivement, il avait du mal à comprendre la folie qui s'était emparée de lui quand il avait rencontré Brooke Jackson, une femme totalement différente de toutes celles qu'il avait fréquentées jusque-là.

Le désir lui avait brouillé l'esprit…

La beauté éclatante de Brooke l'avait subjugué, mais les deux ans qu'il avait passés avec elle avaient été pleins de rage, de regrets et d'amertume. La lune de miel avait été de très courte durée. À peine marié, il avait pris conscience que son rêve de fonder un foyer avait peu de chances de se réaliser avec une femme qui n'avait aucune envie d'avoir un enfant, ni même de passer du temps avec lui ailleurs que dans des clubs chics et branchés.

Mais après tout, que connaissait-il à la joie du foyer ? Ou même à la vie familiale ? Rien du tout, en réalité. Il avait été élevé de manière très stricte dans un *palazzo* italien par un père plus soucieux de sa réussite universitaire que de son bonheur ou de son épanouissement. Des nurses et des tuteurs sévères l'avaient formé à suivre les traces de ses aïeux et à privilégier la recherche du profit. Plus tard, son rêve de vivre une vie plus normale dans une maison chaleureuse s'était évanoui dès la première trahison de Brooke. Heureusement, cette histoire absurde était derrière lui. À partir de maintenant, il allait se contenter d'être très riche et libre comme l'air. Pas question de se remarier ni d'avoir un enfant. Parce que de toute façon, vu son ascendance, il avait toutes les chances d'être un mauvais père.

Lorenzo reçut l'appel de la police alors qu'il était en chemin pour aller déjeuner. Le choc le cloua sur place tandis qu'à l'autre bout du fil on lui donnait des détails sur l'accident. Le chauffeur – un de ses employés – était mort. L'autre passagère, morte également. Quelle autre passagère ? Sa femme était gravement blessée et on lui conseillait de se rendre à l'hôpital de toute urgence. Il faudrait aller voir également la famille du chauffeur pour lui présenter ses condoléances, se dit-il confusément.

Sa femme ? Gravement blessée ? La nouvelle était d'autant plus déstabilisante qu'il avait déjà cessé de considérer Brooke comme sa femme. Sauf qu'elle n'avait personne d'autre que lui. Pas de famille. Si elle était blessée, il était responsable d'elle. Aucun être humain digne de ce nom ne raisonnerait autrement. Sans hésitation, il prit la direction de l'hôpital. Il y avait très longtemps qu'il n'éprouvait plus ni affection ni respect pour sa femme, mais de là à lui vouloir du mal… Non, jamais cela ne lui avait traversé l'esprit.

Des policiers l'attendaient à l'hôpital, désireux de savoir s'il avait des informations à leur donner sur l'autre femme, qui n'avait pas survécu. D'après le passeport qu'ils avaient trouvé sur elle, son nom était Milly Taylor, mais il n'avait jamais entendu parler d'elle. Les policiers semblaient penser qu'en raison du mauvais temps, Brooke avait peut-être arrêté la voiture pour prendre quelqu'un qui marchait sous la pluie, mais la connaissant, il ne pouvait pas l'imaginer ayant un geste de ce genre. L'inconnue était sans doute plutôt une influenceuse en vogue sur les réseaux sociaux, ou encore une maquilleuse ou une coiffeuse dont Brooke avait loué les services, comme elle en avait l'habitude. Il fit cette suggestion aux policiers, tandis que d'autres questions tourbillonnaient dans son esprit.

La responsabilité de son chauffeur était-elle engagée dans l'accident ? Et par conséquent, était-il lui-même indirectement responsable pour avoir permis que Brooke continue à bénéficier d'une limousine avec chauffeur ? Malgré le contrat de mariage en béton qu'elle avait signé, il s'était montré très généreux avec elle. Il lui avait déjà offert un luxueux penthouse où vivre après son départ de Madrigal Court, le manoir qu'il possédait à la campagne. Ce qui ne l'avait pas empêchée de rechigner à déménager, parce qu'elle n'avait pas envie de renoncer à avoir du personnel – payé par lui – pour préparer ses repas et faire les dizaines de choses qu'elle n'avait pas envie de faire elle-même. *Madre di Dio…* Que lui prenait-il de penser à ce genre de futilités dans un moment pareil ?

Les policiers lui assurèrent que l'accident n'avait pas été provoqué par son chauffeur. Un routier étranger avait fait une fausse manœuvre et grillé un feu rouge. Brooke avait reçu un choc violent à la tête, et le neurochirurgien sur le point de l'opérer prévint Lorenzo qu'elle risquait de ne pas survivre à l'intervention. Lorenzo passa la nuit à arpenter une salle d'attente éclairée par une lumière blafarde en ruminant tout ce qu'on lui avait dit. Brooke était blessée au visage. Quand il l'avait aperçue avant qu'elle entre au bloc opératoire, il avait eu du mal à la reconnaître et il avait été consterné pour elle. Aucune femme de sa connaissance n'attachait autant d'importance à son physique. Il allait engager les meilleurs chirurgiens esthétiques, se promit-il. Tant qu'elle serait en vie, il ferait tout son possible pour qu'elle aille mieux. Comme si elle était toujours une épouse aimée. Son devoir le lui commandait et il n'était pas question de ne pas se montrer à la hauteur.

Lorsqu'il apprit que l'opération s'était bien passée, il respira un peu plus librement. Cependant, Brooke était dans le coma et il était impossible de prévoir quand elle se réveillerait ni dans quel état. Ce genre de lésion au cerveau entraînait généralement des complications, et même si elle se remettait, elle risquait de ne plus être tout à fait la même, prévint le chirurgien exténué. La convalescence de Brooke allait être longue et son rétablissement très progressif.

Une infirmière apporta les effets personnels de Brooke à Lorenzo. Il reconnut sa bague de fiançailles, le gros solitaire qu'il lui avait offert le cœur débordant d'amour et de joie, ainsi que l'alliance qu'il avait glissée à son doigt avec la même ferveur. Il déglutit péniblement. Dire qu'hier encore il se réjouissait de sa liberté bientôt retrouvée… Brooke était toujours son épouse et il allait lui apporter tout le soutien dont elle avait besoin. Pour l'instant, il fallait suspendre la procédure de divorce jusqu'à ce qu'elle soit de nouveau en état d'exprimer sa volonté.

2.

Elle flottait dans une sorte de brume cotonneuse traversée par des flashs intermittents.

Elle entendait des voix qu'elle ne reconnaissait pas. Et aussi des bruits étranges – des sortes de tintements, de bourdonnements, de bips – qu'elle ne reconnaissait pas non plus. Et elle était incapable de bouger malgré tous ses efforts pour remuer les bras ou les jambes. Elle n'arrivait même pas à ouvrir les yeux… C'était comme si son corps était en plomb.

Tout à coup elle entendit une voix différente, qu'elle ne reconnut pas non plus mais à laquelle elle se raccrocha comme à une bouée de sauvetage. Une voix d'homme, profonde et mesurée. Au début elle ne parvint pas à distinguer les mots, puis elle finit par en identifier quelques-uns. Mais impossible de les relier de manière cohérente ni même de se rappeler leur signification. Cette voix venait peut-être d'une télévision. Mais une chaîne étrangère ? Parce que la voix était teintée d'un léger accent qui lui donnait des inflexions plus ou moins douces. Elle avait l'impression qu'elle pourrait l'écouter pendant des heures sans se lasser.

Et puis il y avait une musique de fond. Le genre de musique qu'elle n'avait jamais eu l'habitude d'écouter. De la musique classique. Mais par moments elle entendait aussi des chants d'oiseaux, des vagues qui déferlaient sur le rivage, ou encore des bruits qui évoquaient la jungle. Comme si quelqu'un avait élaboré une compilation de sons de la nature, juste pour elle. Les chants d'oiseaux étaient particulièrement agréables. Ils lui donnaient l'impression que si elle parvenait à faire encore quelques efforts, elle se réveillerait à l'aube d'un nouveau jour.

Debout devant la fenêtre de la chambre, Lorenzo étudiait sa femme. Si on faisait abstraction de tous les appareils et les tuyaux auxquels elle était reliée, Brooke semblait juste endormie avec sa somptueuse chevelure qui débordait du lit dans une cascade de boucles blond cendré. Dans la maison de santé high-tech où il l'avait fait transférer quand l'hôpital l'avait prévenu qu'il ne pouvait rien faire de plus pour elle, le personnel l'appelait « la Belle au bois dormant ». Elle était passée du coma à un état végétatif, et au bout de quinze mois il n'y avait aucun signe d'amélioration.

Quinze mois. Lorenzo passa la main dans ses épais cheveux noirs. Depuis quinze mois, sa vie tournait autour du traitement de son épouse. Quinze mois durant lesquels elle avait fait plusieurs séjours en soins intensifs et avait subi plusieurs opérations. À présent, la reconstruction physique était terminée. Les os fracturés étaient ressoudés, les plaies cicatrisées, les contusions résorbées et son visage réparé par les meilleurs chirurgiens plasticiens. Par ailleurs, des séances de physiothérapie étaient pratiquées chaque jour pour éviter l'atrophie de ses muscles. Mais elle n'était pas guérie pour autant.

Se concentrer sur le traitement de toutes les lésions provoquées par l'accident et la préparer à un retour parmi les vivants avait permis à Lorenzo de tenir, même quand l'optimisme des médecins avait commencé à s'estomper.

Impossible de la laisser tomber. Il n'était pas question d'autoriser l'arrêt des machines tant qu'il restait de l'espoir. Il avait la chance d'être assez riche pour faire venir à son chevet des spécialistes du monde entier, mais malheureusement ils avaient tous des opinions divergentes sur les chances de guérison de Brooke. L'humilité n'avait jamais été le fort de Lorenzo, mais l'idée qu'il n'était pas omnipotent commençait à germer dans son esprit. Peut-être que Brooke ne guérirait jamais. Peut-être qu'elle n'ouvrirait plus jamais les yeux…

Il s'assit à côté du lit et effleura le dos de sa main du bout du doigt. Ses ongles étaient vernis, tout comme ses cheveux étaient régulièrement lavés et coiffés. Les médecins avaient conseillé de lui faire couper les cheveux, mais il avait refusé et engagé un coiffeur pour assurer leur entretien. Il avait également loué les services d'une manucure. C'était ce que Brooke aurait souhaité. Cependant, il avait dit au coiffeur de cesser le lissage de ses cheveux et de les laisser friser naturellement. Un changement qu'elle n'aurait jamais accepté, si bien que lorsqu'il lui arrivait d'effleurer accidentellement ces boucles somptueuses, il ne pouvait s'empêcher d'avoir des remords.

— Je t'ai vraiment aimée autrefois, dit-il à voix haute dans la chambre silencieuse, presque comme s'il lançait un défi.

Un doigt remua imperceptiblement. Il se figea et étudia la position. Il avait dû imaginer ce mouvement. Ce ne serait pas la première fois…

Il y avait une chose qui le tracassait, c'était la grande solitude de Brooke. Elle n'avait pas d'autres visiteurs que lui. C'était après l'accident qu'il avait pris conscience de son isolement. Des paparazzis avaient tenté de s'introduire dans sa chambre à l'hôpital pour prendre des photos, mais pas un seul ami ne s'était manifesté. Il y avait eu de brefs coups de téléphone de son agent et de diverses personnes qui s'occupaient de sa carrière, mais une fois qu'ils avaient su qu'elle était dans le coma, les appels avaient cessé. La célébrité dont elle était si fière s'était révélée tristement éphémère. L'accident avait fait les gros titres pendant quelque temps mais à présent, elle semblait oubliée par tout le monde sauf lui.

Tôt le lendemain matin, les machines situées près du lit émirent des signaux sonores et lumineux. La femme allongée se réveilla et fut prise de panique à la vue du décor inconnu puis des deux infirmières qui firent irruption dans la chambre, l'air à la fois anxieux et joyeux. Elle tira instinctivement sur la sonde qui sortait de sa bouche et l'empêchait de parler. Les deux femmes tentèrent de l'apaiser en lui répétant encore et encore que le médecin allait arriver, que tout allait bien et qu'il n'y avait aucune raison de s'inquiéter. Elles étaient folles, songea-t-elle. Ses membres étaient paralysés. Une seule de ses mains bougeait et elle avait l'impression que son bras ne lui appartenait pas. Comment pourrait-elle n'avoir aucune raison de s'inquiéter ? Pourquoi lui disaient-elles des sottises ? La prenaient-elles pour une idiote ?

Son angoisse ne disparut pas avec l'arrivée du médecin et le retrait de la sonde. Au contraire, les questions répétées du médecin ne firent que l'accroître. Parce qu'elles l'obligèrent à admettre la vérité. Elle ne savait pas qui elle était. Comment s'appelait-elle ? Elle n'en avait aucune idée. Elle ne savait pas davantage pourquoi elle se trouvait dans ce lit d'hôpital. C'était très simple, elle n'avait aucun souvenir. Son esprit était vide. Complètement vide.

Lorsque le médecin hocha la tête d'un air approbateur quand elle donna le nom du Premier ministre et nomma les couleurs, elle éprouva un soulagement intense et se sentit ridicule.

— Que m'est-il arrivé ? J'ai été malade ?

— Vous avez eu un accident.

Le médecin fit une pause et échangea un coup d'œil avec les infirmières.

— Quel est mon nom ? demanda-t-elle d'une voix tremblante.

— Vous vous appelez Brooke… Brooke Tassini.

Ce nom ne lui disait rien. Rien du tout. Il n'était même pas vaguement familier…

— Votre mari va bientôt arriver.

Abasourdie, elle ouvrit de grands yeux.

— J'ai un mari ?

Les infirmières sourirent.

— Oh ! oui, vous avez un mari.

— Un mari très séduisant, précisa l'une d'elles.

Brooke regarda son annulaire gauche, qui était nu. Elle était mariée. Oh ! mon Dieu, elle était mariée. Avait-elle des enfants ? Elle posa la question. Non… pas d'enfants à leur connaissance. Un soupir de soulagement faillit lui échapper, puis elle éprouva aussitôt des remords. Elle aimait les enfants, non ? Mais c'était déjà assez effrayant d'avoir un mari dont elle ne se souvenait pas. Si elle avait aussi oublié ses enfants, ce serait atroce.

Dans le couloir, Lorenzo étudiait le visage du médecin qui lui expliquait la situation en bafouillant. Le personnel de la maison de santé n'avait pas l'habitude de voir les patients dans le coma se réveiller, et l'équipe en charge de Brooke était en proie à une excitation teintée d'inquiétude.

— C'est une amnésie post-traumatique, tout à fait compréhensible après une blessure grave à la tête. Il faut que vous consultiez un spécialiste en psychiatrie, qui sera plus qualifié que moi pour vous donner un diagnostic précis. Cependant, je vous conseille d'ici là de ne rien lui révéler qui risque de la bouleverser davantage. Pour l'instant, il vaut mieux éviter de lui dire que deux personnes ont trouvé la mort dans l'accident, et que vous étiez… en train de vous séparer à l'époque, précisa le médecin, visiblement confus de mentionner un détail aussi personnel. Elle se trouve actuellement dans un état de stress très intense. Essayez de l'apaiser, de lui présenter les choses sous un jour optimiste sans lui donner trop d'informations.

Lorenzo se trouvait à une réunion du conseil d'administration quand il avait reçu l'appel. Il avait été si stupéfait d'apprendre que Brooke avait repris connaissance qu'il était parti sur-le-champ, sans un mot d'explication. Et à présent il était complètement dérouté, chose qui ne lui arrivait jamais d'ordinaire. Brooke ne se souvenait pas de lui ? Pouvait-il croire ça de la part d'une femme prête à tout pour faire parler d'elle ? Quoi de plus efficace pour exciter de nouveau l'intérêt des médias qu'une histoire hors du commun à raconter ? À l'époque de leur rencontre, des soupçons de ce genre ne l'auraient jamais effleuré. Devoir envisager cette possibilité était détestable. Malheureusement, l'expérience lui avait appris que Brooke était une menteuse hors pair…

La porte s'ouvrit et Brooke se raidit contre les oreillers. Il apparut dans l'encadrement de la porte. Rien. Il n'avait rien de familier… Une pensée s'imposa à elle immédiatement. Aucune femme normale n'aurait pu oublier un tel homme.

Vêtu d'un costume noir à fines rayures qui mettait en valeur une belle carrure, des hanches étroites et des jambes interminables, il était d'une beauté à couper le souffle. Ses épais cheveux noirs, souples et brillants, étaient le genre de cheveux dans lesquels on avait envie d'enfoncer les doigts. Teint hâlé, pommettes saillantes, nez droit et fin, bouche sensuelle mise en valeur par une barbe naissante, il avait un visage sublime. Mais le plus saisissant, c'était ses yeux de jais entourés d'épais cils noirs. Des yeux au regard pénétrant, qui étaient fixés sur elle. Elle sentit ses joues s'enflammer. Non, impossible. Cet homme ne pouvait pas être son mari. C'était sûrement un spécialiste renommé venu étudier son cas. Son mari ne pouvait être qu'un homme beaucoup plus ordinaire, peut-être pas très beau, mais qui en voyant sa femme réveillée après des mois de coma aurait un large sourire de soulagement et de joie. Cet homme donnait l'impression de ne pas sourire très souvent. Et il respirait l'autorité, ce qui le rendait très impressionnant.

— Brooke..., murmura-t-il d'un ton neutre.

Il entra dans la pièce et referma la porte. Ses splendides yeux noirs étaient de nouveau fixés sur elle et respirer devenait difficile... Brooke déglutit avec peine. Sa gorge, déjà irritée par le retrait de la sonde, était horriblement sèche.

— Comment te sens-tu ?

Elle tressaillit.

— Je connais votre voix... Je *connais* votre voix ! C'est la première chose que je reconnais depuis mon réveil... Mais vous, je ne vous reconnais pas. Qui êtes-vous ?

— Lorenzo Tassini.

— Je suis *mariée* avec vous ? dit-elle sans masquer son incrédulité.

Lorenzo plissa le front. Difficile de ne pas dévorer cette femme des yeux. Cette femme qu'il avait épousée et qui lui avait montré toute la laideur qu'elle dissimulait au fond d'elle était d'une beauté éclatante. Avec ses cheveux ébouriffés encadrant son visage en forme de cœur et ses immenses yeux violets, elle semblait angélique. Et différente. Incroyablement différente. Il ne se souvenait pas avoir déjà vu Brooke le visage nu. Elle se levait systématiquement à l'aube pour se maquiller, alors qu'il lui répétait sans arrêt qu'elle n'avait pas besoin de ça pour être séduisante.

Mais il y avait aussi d'autres différences, bien sûr. Pour commencer, elle était plus mince. Beaucoup plus mince, malgré tous les nutriments qui lui avaient été injectés par voie intraveineuse. Elle semblait frêle et un peu plus jeune. Les chirurgiens avaient réussi une reconstruction quasi parfaite mais il avait déjà repéré quelques changements. Sa bouche paraissait un peu plus grande et un peu plus pulpeuse, son nez plus court, et ses yeux, ses splendides yeux violets, étaient aussi brillants et inquisiteurs que ceux d'un oiseau. Par ailleurs, il ne l'avait jamais vue avec un visage aussi expressif.

Le visage de Brooke était la plupart du temps impénétrable, or aujourd'hui il y lisait le doute, la stupéfaction et une curiosité intense. Être en mesure de deviner ce qu'elle ressentait était une expérience toute nouvelle.

— Oui, tu es mariée avec moi, assura-t-il d'un ton neutre.

Sans les conseils du médecin, il se ferait un plaisir de lui dire la vérité. Les mensonges, il en avait assez. Il n'en voulait plus un seul entre eux. Mais s'il lui parlait du divorce, il perdrait sa confiance, or pour l'instant elle avait besoin de lui. Il était indispensable qu'elle se sente en sécurité avec lui et qu'elle sache qu'elle pouvait compter sur son soutien. Parce qu'il n'y avait personne d'autre pour prendre sa place à ses côtés.

Brooke déglutit péniblement et ferma les yeux. Une migraine commençait à lui vriller les tempes. Pour quelqu'un qui n'était réveillé que depuis quelques heures, elle était ridiculement fatiguée…

— Tu veux boire ? demanda Lorenzo en prenant un verre dans lequel se trouvait une paille.

— Oui… merci.

Elle rouvrit les yeux et but plusieurs gorgées d'eau fraîche.

— J'ai tellement de questions…

— Nous allons répondre à toutes, les unes après les autres.

— Pourquoi est-ce que je ne me souviens pas de vous… de toi, alors que je me souviens de ta voix ? s'exclama-t-elle avec frustration. Depuis combien de temps suis-je ici ? Personne n'a voulu me le dire.

— Depuis plus d'un an.

Elle écarquilla les yeux, abasourdie.

— Au bout de quelques semaines de coma, les médecins ne cachaient plus leur pessimisme, si bien que c'est une grande satisfaction pour moi de te voir réveillée, ajouta Lorenzo.

— Vraiment ? dit-elle, réconfortée par cet aveu. Mais alors pourquoi ne le montres-tu pas ?

Il plissa le front.

— Le montrer ?

— Souris, montre ta joie. Tu es entré dans la chambre avec une tête d'enterrement. Je me sens si seule ici…

Refoulant ses doutes constants sur la sincérité de Brooke, Lorenzo lui prit la main

— Mais tu n'es pas seule.

— Assieds-toi à côté de moi… ici, sur le lit, s'entendit-elle demander d'une voix pressante.

Il sembla aussi interloqué que si elle lui avait suggéré de se glisser sous les draps… Mortifiée, elle se raidit tandis qu'il s'éloignait pour s'asseoir dans le fauteuil situé près de la fenêtre. De toute évidence, il était très réservé. Ce qui confirmait sa première impression. Il n'était pas du genre exubérant ni décontracté. Impossible d'imaginer qu'elle avait couché avec lui, songea-t-elle, les joues en feu.

— Depuis combien de temps sommes-nous mariés ?

— Trois ans.

Donc, elle avait *forcément* couché avec lui. Mon Dieu… Elle ne savait plus où se mettre… Quelle situation embarrassante ! Et pour lui, ça devait être très gênant aussi de voir que sa femme ne se souvenait pas de lui. Pas étonnant qu'il soit aussi distant.

— Je suis vraiment désolée. Je suis désolée de ne pas te reconnaître et de t'avoir créé autant de problèmes.

— Tu ne m'as causé aucun problème, mentit Lorenzo, de plus en plus perplexe.

D'ordinaire, Brooke avait une attitude égocentrique. Elle ne pensait qu'à elle. Jamais aux autres ni à leurs besoins. Les gens qui l'entouraient ne comptaient pour elle que dans la mesure où ils pouvaient lui être utiles. Elle pouvait être charmante pour obtenir ce qu'elle voulait, puis se désintéresser complètement de quelqu'un dès l'instant où elle avait atteint son objectif. Mais il était vrai qu'en ce moment même, il comptait forcément pour elle, se rappela-t-il avec amertume. Elle n'avait personne d'autre sur qui compter…

— C'est gentil à toi de me dire ça, mais tous ces mois pendant lesquels je suis restée ici comme une souche ont dû être très pénibles pour toi.

— Tu devrais te reposer, à présent, dit-il en se levant. Il faut que je fasse des démarches pour ton transfert dans un établissement plus approprié à ta convalescence.

— Je veux juste rentrer à la maison, dit-elle d'une voix faible.

— Je crains que ça ne soit pas une option. Pour l'instant, ce dont tu as besoin, c'est un programme de rééducation pour reprendre des forces et un accompagnement médical pour ton amnésie.

— Comment nous sommes-nous rencontrés ? demanda-t-elle d'une voix endormie.

Elle était épuisée, mais il y avait tant de questions qui tourbillonnaient dans son esprit…

— Dans une soirée, à Nice. J'y étais pour affaires.

— Tu es un homme d'affaires ?

— Un banquier.

— Je n'aime pas les banques.

D'où sortait cette pensée ? se demanda-t-elle tandis que ses paupières se fermaient.

— Pourquoi ? demanda Lorenzo.

Au prix d'un immense effort, elle rouvrit les yeux. Il était là, au pied du lit, toujours aussi beau avec ses cheveux noir bleuté et ses yeux de jais au regard pénétrant… Elle lui sourit.

— Je ne sais pas. C'était juste une pensée surgie de nulle part.

— Dors, Brooke. Je te verrai demain.

— Pas de baiser ?

Lorenzo se figea. Cette demande était d'autant plus surprenante qu'elle était émise d'une voix presque enfantine. Un paradoxe pour quiconque connaissait le passé de Brooke…

— Pas de baiser. Tu dors à moitié, et j'aime que ma femme soit bien réveillée.

— C'est méchant, marmonna-t-elle.

Il resta au pied du lit à la regarder dormir. Il devrait être au téléphone pour se renseigner sur les centres de convalescence. Il devrait être en train de rechercher un psychiatre éminent. Il aurait dû lui dire qu'il ne la verrait pas demain parce qu'il prenait l'avion pour Milan, pour assister à un congrès international du management bancaire… Il ne bougea pas et continua à la regarder dormir. C'était très déconcertant. Tout à coup il avait l'impression de ne pas la connaître, lui non plus… Mais tout le monde avait de multiples facettes, se dit-il, irrité contre lui-même. Si Brooke paraissait aussi changée, c'était sans doute parce qu'elle ne savait plus qui elle était et qu'elle doutait d'elle-même. Dès qu'elle aurait retrouvé sa garde-robe, son maquillage et sa célébrité, elle redeviendrait la femme dont il gardait le souvenir.

Brooke se laissa tomber dans un fauteuil en face de M. Selby, son psychiatre, et mit sa canne de côté. Après les séances de kinésithérapie, elle avait mal partout, et la légère claudication qu'elle avait encore s'accentuait avec la fatigue en fin de journée. Cependant elle ne se plaignait pas. Être de nouveau capable de marcher était déjà un cadeau très précieux.

— Comment vous sentez-vous ces jours-ci ? demanda le psychiatre en la regardant par-dessus ses excentriques lunettes en demi-lune.

— Très bien, mais aucune lueur. Toujours aucun souvenir, répondit-elle avec embarras. Tout est encore si bizarre. Lorenzo m'a acheté une mallette géante de maquillage pour remplacer celle qui a été détruite dans l'accident. Je crois qu'il s'attendait à ce que je sois folle de joie, mais j'ai été incapable d'identifier la moitié des choses qu'elle contient. J'en ai utilisé quelques-unes pour sa visite suivante. Je ne voulais pas qu'il pense que son cadeau a été une déception.

— Vous semblez très attachée à Lorenzo.

— Étant donné que je suis mariée avec lui, c'est plutôt sain, non ?

— Bien sûr, vous dépendez de lui par la force des choses. Mais ce sera encore plus sain pour vous de reconquérir un peu d'indépendance au fur et à mesure que vous reprendrez des forces.

Brooke hocha la tête avec raideur. Au cours des deux derniers mois, elle avait appris à ignorer les conseils qui ne lui plaisaient pas. Tous les gens qu'elle rencontrait dans le centre de convalescence semblaient désireux de lui donner des conseils. Dès son arrivée, elle était allée de surprise en surprise. Elle avait découvert qu'elle était mariée à un homme extrêmement riche, puis petit à petit elle avait appris qu'avant l'accident elle était une célébrité mineure, une icône de la mode qui suscitait souvent l'intérêt des médias.

Ces révélations lui avaient semblé étranges. Elles ne cadraient pas avec l'image de femme discrète et pas très sûre d'elle qui s'était formée peu à peu dans son esprit. Mais quand elle avait demandé à Lorenzo quand elle pourrait se connecter à Internet pour faire des recherches sur sa vie antérieure, il avait répondu que ce serait une erreur et que ses souvenirs auraient plus de chances de resurgir si elle ne cherchait pas à les retrouver de manière artificielle.

— Que vais-je faire si mes souvenirs ne reviennent jamais ?

— Vous allez vous reconstruire de toute façon. Vous avez eu beaucoup de chance. Votre blessure était très grave mais vous n'avez pas d'autres problèmes, rappela M. Selby d'un ton enjoué.

À part un mari dont elle ne se souvenait toujours pas… Brooke eut un pincement au cœur. C'était un supplice à chaque fois qu'il lui rendait visite. Cependant, il ne pouvait pas venir la voir aussi souvent qu'il l'avait espéré, parce que c'était un banquier très occupé, qui se rendait à l'étranger plusieurs fois par mois. Et sa première impression ne cessait de se confirmer. Il était vraiment *très* réservé. Il la touchait très rarement, même de manière furtive. C'était un peu comme s'il y avait un champ de force autour d'elle. De toute évidence, le fait qu'elle ne se souvienne pas de lui le mettait très mal à l'aise, mais son attitude distante ne l'aidait pas à se sentir plus proche de lui. C'était une question qu'elle allait devoir aborder… très bientôt.

Il ne l'avait pas quittée quand elle était dans le coma, alors pourquoi gardait-il ses distances à présent ? L'aimait-il ?

La trouvait-il toujours attirante ? Ou bien leur mariage battait-il de l'aile ?

Ce soir-là il devait venir la voir, si bien qu'elle rouvrit la mallette à maquillage et examina de nouveau son contenu avec perplexité. Elle alla même jusqu'à choisir une robe parmi toutes les tenues très peu pratiques qu'il lui avait fait apporter. Jusque-là, le recevoir en pantalon de yoga ne lui avait pas réussi. Lorenzo était habitué à côtoyer une reine de la mode. Alors peut-être que si elle faisait des efforts pour lui plaire, il se dégèlerait un peu… À cette pensée, elle sentit ses joues s'enflammer. Elle se maquilla, puis elle mit la robe bleu électrique qu'elle avait choisie sans enthousiasme dans la penderie. Quelle couleur criarde… Mais c'était sans doute elle qui avait acheté cette robe. Il fallait donc croire qu'elle lui avait plu… Elle enfila les escarpins assortis. Pour l'instant, elle n'était pas censée porter des talons, mais elle ne bougerait pas beaucoup. Ce qui était une chance, parce que ces chaussures faisaient horriblement mal aux pieds…

Lorenzo descendit de sa limousine avec chauffeur et contempla le bâtiment moderne en réprimant un soupir. Si sa femme ne retrouvait pas bientôt la mémoire, il allait finir par lui dire la vérité sur leur mariage… Sauf que le psychiatre l'avait prévenu que Brooke n'était pas prête à affronter cette réalité. Il était devenu son « lieu sûr », et si elle était brusquement privée de ce soutien, cela risquait de perturber son état mental encore fragile. Si l'angoisse reprenait le dessus, tout le processus de rétablissement serait retardé.

De leur côté, ses avocats ne s'embarrassaient pas de ce genre de considérations. Ils se contentaient de le mettre en garde contre de fréquentes visites à sa femme, qui ne serviraient qu'à convaincre un juge qu'une réconciliation était possible et que prononcer le divorce n'était donc pas approprié. Or il n'avait aucune envie de rester marié à Brooke. Sa compassion avait des limites. Mais en réalité, ce n'était pas ça qui le perturbait.

Il avait envie d'elle. C'était ça le véritable problème. En fait, son désir pour elle n'avait jamais été aussi intense. Pourquoi ? Parce qu'elle était différente. Si différente qu'il avait parfois du mal à le croire. Et, comble du ridicule, il se surprenait à éprouver de l'affection pour elle. Comment était-ce possible ? Il avait le sentiment de voir Brooke telle qu'elle était peut-être avant de devenir obsédée par sa beauté et sa soif de célébrité. Et il fallait bien reconnaître que Brooke « au naturel » était fantastique.

D'autant qu'il ne la soupçonnait plus de jouer la comédie. La femme dont il gardait le souvenir n'aurait jamais été capable de feindre ce mélange remarquable d'innocence et de naïveté. En bref, Brooke était telle qu'il ne l'avait jamais connue. Affectueuse, désintéressée, peu exigeante… Oui, elle réussissait à lui inspirer de l'affection. Mais il était déterminé à ne pas s'engloutir dans ce bourbier une seconde fois, se rappela-t-il farouchement. Elle était en voie de guérison, et bientôt il pourrait de nouveau rompre les liens et la mettre dans ce penthouse.

Dès que Lorenzo entra dans la chambre, Brooke bondit. Il fallait qu'il voie qu'elle avait fait des efforts, qu'elle était vraiment en voie de guérison… *et* prête à rentrer à la maison.

— Tu sembles… un peu plus toi-même ce soir.

Lorenzo étudiait Brooke avec perplexité. L'éclat de ses yeux violets traduisait une excitation assez perturbante…

— Je pense que je suis prête pour partir d'ici… pour rentrer à la maison, dit-elle d'un ton pressant. Je suis sûre que ce serait mieux pour moi de me retrouver dans un endroit familier. Tout le monde est très gentil avec moi ici, mais à force d'être enfermée je deviens folle. Il ne se passe rien et je m'ennuie à mourir. Tes visites sont les seuls événements de la semaine.

Lorenzo eut du mal à masquer sa consternation.

— Je parlerai aux médecins demain. Il vaut mieux éviter toute précipitation. Après tout, il y a deux mois, tu n'arrivais même pas à marcher.

— Je reprends des forces tous les jours ! Pourquoi ne le vois-tu pas ?

— Je le vois. Mais tant que tu n'auras pas retrouvé la mémoire, il est trop risqué que tu sortes.

Brooke crispa les poings, submergée par la colère et la frustration qu'elle contenait depuis des jours.

— Alors je vais devoir rester ici pour toujours ? Parce qu'on m'a déjà dit, et tu dois le savoir également, que je risque de ne *jamais* retrouver la mémoire !

Il serra les dents. Bien sûr qu'il le savait. Mais il n'avait pas attaché trop d'importance à cet avertissement, parce qu'à chaque fois qu'il la voyait, il s'attendait à retrouver la femme dont il avait gardé le souvenir.

— Assieds-toi. Nous allons en discuter calmement.

Il l'étudia tandis qu'elle s'asseyait de mauvaise grâce au bord du lit. Elle avait visiblement attendu avec impatience son arrivée pour lui demander de l'emmener chez eux, et maintenant elle était très déçue. Il se sentait cruel alors qu'il savait qu'il n'avait pas d'autre choix que de refuser. Avec ses boucles en bataille qui masquaient en partie son visage, sa moue boudeuse qui attirait l'attention sur ses lèvres roses, ses longues jambes mises en valeur par cette robe et ces chaussures à talons, elle était splendide… Transpercé par une flèche de désir, Lorenzo inspira profondément. Déjà le pantalon de yoga moulant qu'elle portait d'ordinaire avait failli le rendre fou plus d'une fois. Mais il savait résister à la tentation, surtout quand il s'agissait de Brooke. Il s'approcha de la fenêtre et contempla le jardin sur lequel donnait la chambre.

— Avant l'accident…

Hésitante, Brooke fit une pause avant de poursuivre.

— Notre mariage… ça n'allait pas très bien, n'est-ce pas ?

Elle n'avait aucune envie d'entendre la confirmation de ce qu'elle soupçonnait. Mais il était impossible de ne pas poser la question. Il fallait qu'elle soit forte et qu'elle affronte la vérité. Parce que si elle avait vu juste, faire semblant n'était pas une solution, ni pour elle ni pour lui.

Déconcerté, Lorenzo arqua les sourcils.

— Qu'est-ce qui te fait penser ça ? demanda-t-il d'un ton délibérément neutre.

— Pas besoin d'être un génie pour s'en douter… Tu ne me touches jamais sauf si tu ne peux vraiment pas l'éviter. Tu n'évoques jamais aucun souvenir personnel et si j'essaie de te faire parler de nous, tu détournes la conversation. Et maintenant, tu ne veux pas non plus que je rentre à la maison. Sois franc, Lorenzo. Je suis capable d'entendre la vérité. Et ensuite rentre chez toi où retourne à ta banque, parce que tu sembles travailler dix huit heures par jour.

Il réprima un soupir de frustration. Ce serait le moment idéal pour parler s'il n'était pas obligé de tenir compte de son état. Et à présent voilà qu'elle allait pleurer…

Furieuse, Brooke essuya les larmes qui perlaient à ses paupières d'un geste impatient. Il ne manquait plus qu'elle se mette à pleurer devant lui !

— Arrête de me traiter comme une enfant ! Arrête de choisir tes mots en permanence ! J'ai vingt-huit ans, bon sang ! Je ne suis plus une gamine ! Ne se souvenir de rien, c'est déjà très pénible. Mais tourner en rond ici en me demandant toute la journée quel genre de relation nous avons, c'est une véritable torture…

Lorenzo s'avança vers elle mais elle bondit, déterminée à ne pas éclater en sanglots devant lui.

— Rentre chez toi ! répéta-t-elle en se dirigeant vers la porte dans l'intention de se réfugier dans le salon des patients. Je te verrai un autre jour…

Mais dans sa hâte, elle perdit l'équilibre à cause de ses talons aiguilles et de sa jambe encore fragile. Elle était sur le point de tomber quand Lorenzo la rattrapa et la maintint fermement sur ses pieds devant lui en refermant les bras sur elle. Enivrée par son odeur, elle sentit une chaleur délicieuse se répandre au creux de ses reins. Instinctivement, elle noua les bras autour de son cou. S'il ne pouvait même pas l'embrasser, ça prouverait qu'il n'était plus du tout attiré par elle. N'était-ce pas le meilleur moyen d'avoir la réponse à la question qui la tourmentait ?

Électrisé par le regard de Brooke, Lorenzo se pencha machinalement vers elle pour l'embrasser, tout en se maudissant pour cet instant de faiblesse. Il connaissait trop les femmes pour ne pas comprendre qu'elle lui donnait le feu vert pour le tester. Mais après tout, il pouvait bien se permettre un bref baiser qu'aucun paparazzi ne risquait de surprendre. Juste un baiser très bref… La bouche de Brooke s'offrit à la sienne avec ferveur et il fut submergé par une vague de désir irrépressible. Elle avait un goût de… un goût de… Stop. Il fit appel à toute sa volonté pour tenter de se maîtriser, mais Brooke lui répondait avec une telle ardeur qu'il lui fut impossible de s'arracher à sa bouche. Resserrant les bras autour d'elle, il approfondit son baiser.

C'était grisant au-delà de tout… C'était tout ce dont elle rêvait depuis des semaines sans en avoir conscience. Brooke s'agrippa aux épaules de Lorenzo, assaillie par une foule de sensations toutes nouvelles pour elle. Enfin non, elles ne pouvaient pas être nouvelles… mais c'était comme si elles l'étaient. Son cœur battait incroyablement vite et les pointes de ses seins étaient si dures sous le tissu de sa robe qu'elles en devenaient presque douloureuses. Une chaleur exquise se répandait entre ses cuisses et l'enflammait tout entière. Et puis contre son ventre elle sentait l'effet qu'elle faisait à Lorenzo. Et c'était encore plus excitant que tout le reste…

Ce baiser brûlant était le premier véritable cadeau qu'elle recevait, après des semaines de convalescence pleines de frustration et d'angoisse à se demander qui elle était et comment Lorenzo souhaitait qu'elle se comporte. Elle avait vécu en proie à un conflit intérieur permanent, déstabilisée par la contradiction flagrante entre le peu qu'elle savait de celle qu'elle était avant l'accident et les réactions de celle qu'elle était depuis son réveil. Mais aujourd'hui, ce baiser lui rendait son équilibre. Il était la preuve que son mari la désirait toujours et qu'elle s'était tourmentée pour rien.

Lorenzo s'arracha à la bouche de Brooke et la déposa sur le lit en se maudissant. Pourquoi cette femme le rendait-elle toujours fou de désir ? C'était insensé ! Et où était passée sa volonté ? Comment avait-il pu succomber à la tentation ? D'accord, ce n'était qu'un baiser, mais c'était un baiser de trop. Furieux contre lui-même, il crispa les poings.

À une époque, il se targuait d'avoir un sang-froid à toute épreuve, comme son défunt père. Mais quand il avait épousé Brooke, il s'était découvert beaucoup plus sensible qu'il ne le pensait. Miné par les scènes perpétuelles, il s'était peu à peu cuirassé contre ses émotions afin de retrouver son sang-froid… et sa raison. Pas question de redevenir vulnérable et replonger dans cet enfer, même par sens du devoir !

— C'était merveilleux, commenta Brooke avec un sourire radieux. Je suis rassurée à propos de nous deux.

Il serra les dents. Le pire de tout, c'était qu'il ne l'avait jamais sentie aussi vivante dans ses bras. Pas une seule fois depuis qu'il la connaissait elle ne l'avait embrassé avec une telle fougue… Elle était vraiment très différente. Mais les médecins ne l'avaient-ils pas prévenu de cette possibilité ?

— Je ne suis pas un homme expansif, Brooke.

— Tu n'as pas besoin de le préciser. Ça se voit. Tu n'as jamais exprimé la moindre émotion pendant tes visites. Je trouvais ça inquiétant pour notre couple, mais après tout ça ne nous a pas empêchés de nous marier. En ce moment, je me rends compte que tu es très tendu, par exemple.

— Pas du tout, mentit-il avec agacement.

Pourquoi avait-il le sentiment de se trouver dans le box des accusés ?

Brooke réprima un sourire. La tension était gravée sur le visage de Lorenzo, mais même s'il se retranchait dans sa réserve, il venait d'exprimer une profonde émotion dans ce baiser… non ? À moins que ce baiser soit seulement la manifestation d'un désir purement sexuel ? Pourquoi ne savait-elle pas faire la différence ? Alors qu'elle savait toujours des tas d'autres choses comme le nom des saisons ou des jours de la semaine ? Elle déglutit péniblement. Et si elle attendait trop de lui ?

— Vas-tu me ramener à la maison cette semaine ? Je suis prête, même si les médecins ont des réticences. Je ne peux pas rester ici éternellement… à moins que ce soit ce que tu souhaites ?

Cette question anxieuse fit tressaillir Lorenzo. Malgré ses efforts pour prendre un ton léger, le stress et l'angoisse se lisaient sur le visage de Brooke. Ce visage toujours impassible autrefois… Décidément, elle ne cessait pas de le surprendre.

— Bien sûr que non, répliqua-t-il. Je vais parler aux médecins.

Visiblement satisfaite, Brooke se leva et s'approcha de lui.

— Je ne dérangerai personne. Ce n'est pas comme si j'étais déprimée ou déséquilibrée. J'ai seulement perdu la mémoire. Et je veux juste retrouver ma vie…

Et mon mari.

Tout à coup, Lorenzo se surprit à sourire. Il fallait reconnaître qu'il était réjouissant d'imaginer Brooke retrouvant sa garde-robe, ses bijoux et ses précieux albums de coupures de journaux. Ses affaires personnelles et les témoignages de sa popularité n'étaient-ils pas les instruments les plus susceptibles de stimuler sa mémoire ? Quels résultats espérait-il obtenir en la laissant dans un environnement médical impersonnel ? Privée de tout ce qu'elle avait aimé, tout ce qui avait compté dans sa vie ? Rien dans cette clinique privée ne lui était familier, rien ne pouvait l'aider à retrouver la mémoire. Si elle devait la retrouver un jour… Oui, il allait l'emmener dans la maison qui était censée être toujours la sienne, et selon toute probabilité elle y guérirait et elle se souviendrait qu'elle le haïssait. Il pouvait bien patienter encore quelques semaines… non ?

Enchantée par le sourire inattendu de Lorenzo, Brooke sentit ses joues s'enflammer. Elle s'était pratiquement jetée à sa tête, et faire preuve d'une telle audace lui avait coûté. Mais ça avait marché. Et de toute évidence, Lorenzo était prêt à se détendre un peu, du moment qu'elle ne faisait pas allusion à leur mariage et qu'elle ne parlait ni d'amour ni de sentiments d'aucune sorte.

Mais pourquoi était-il aussi renfermé ? Pourquoi tout ce qui touchait à la vie affective le mettait-il aussi mal à l'aise ? Était-ce lié à leur mariage ou à son passé ?

3.

Dans la limousine qui remontait l'allée au bout de laquelle se dressait un bâtiment gigantesque, Brooke avait beau s'efforcer de masquer sa stupeur, elle ne pouvait s'empêcher d'écarquiller les yeux. Selon toute apparence, elle était mariée à un homme beaucoup plus riche qu'elle ne l'avait soupçonné au départ. Mais heureusement, elle apprenait peu à peu à rester impassible à chaque découverte surprenante. C'était sa vie, après tout. Cette propriété somptueuse, c'était chez elle.

Oui, Madrigal Court était vraiment un endroit somptueux avec sa façade de brique ancienne, ses rangées de fenêtres et ses cheminées très hautes. Un manoir qui devait dater de plusieurs siècles. De l'ère Tudor ? Elle plissa le front. Pourquoi ce terme surgissait-il dans son esprit ? C'était lié à un souvenir précis. Elle aimerait tellement se rappeler au moins un détail concret. Un événement, une image, un visage, n'importe quoi… Mais jusque-là, rien. Ce qui devait être très frustrant pour Lorenzo.

Sans même y penser, elle lui prit la main. C'était si touchant qu'il ait pris une journée de congé pour partager avec elle ce retour à la maison… Son travail était très important pour lui et il y consacrait beaucoup de temps. Peut-être était-ce pour cela que de son côté elle avait apparemment fait le choix de se concentrer elle aussi sur sa carrière. De toute évidence, Lorenzo avait épousé une femme indépendante et pleine d'assurance… Des traits de caractère qu'elle tentait désespérément de retrouver en elle.

Pas question de geindre quand il partait à l'étranger pendant des jours. Et encore moins de lui dire qu'il lui manquait terriblement quand il était absent. Ce n'était pas le genre de choses qu'il avait envie d'entendre et elle le décevrait. Or n'avait-il pas déjà suffisamment de raisons d'être déçu par une épouse qui ne gardait aucun souvenir de lui ?

Abasourdi par le geste de Brooke, Lorenzo jeta un coup d'œil furtif à leurs mains liées et inspira profondément. L'image de Brooke pénétrant dans son dressing et hurlant joyeusement « je suis à la maison ! » refusait de quitter son esprit. Mais cette nouvelle version de Brooke ne hurlait pas et sa voix était grave. Encore un de ces multiples changements qui le perturbaient. C'était un peu comme si elle avait subi une transplantation de personnalité… *Per Dio*, elle avait *pleuré*, quand il lui avait dit que ses parents étaient morts avant qu'il la rencontre et qu'elle n'avait aucune autre famille. Personne qui puisse l'aider à remplir tous les espaces vides de sa mémoire. Il fallait espérer qu'il y avait des photos de famille quelque part dans ses affaires. Cela lui ferait tellement plaisir…

À sa demande, il avait sorti son alliance du coffre de la maison et elle l'avait mise, comme si c'était un bijou très spécial et pas l'anneau très simple qu'elle avait autrefois dédaigné parce que « pas très original ». À l'époque, aucun bijou dépourvu de pierres précieuses scintillantes ne pouvait lui plaire.

Autre nouveauté, elle tenait compte de ses conseils et n'avait pas insisté pour faire des recherches sur Internet. Elle n'avait même pas réclamé de téléphone, ce qui était encore plus bizarre parce qu'avant l'accident, son téléphone, c'était sa vie. Comment pouvait-il ne pas lui manquer ? Mais bien sûr elle ne gardait aucun souvenir des choses ou des gens qui pourraient lui manquer... Comme, par exemple, cet acteur très marié qui l'avait récemment contacté par l'intermédiaire d'un assistant pour avoir des nouvelles de son épouse. Nul doute qu'il y avait eu quelque chose entre Brooke et lui. Mais heureusement, la vie sexuelle de Brooke ne le regardait plus, se rappela Lorenzo. Légalement, ils étaient toujours mariés, mais ça n'allait pas plus loin.

Brooke monta les marches de pierre polies par le temps et sourit à l'homme d'âge moyen qui venait d'ouvrir la porte.

— Vous êtes ?

— Stevens, madame.

— Merci, dit-elle en pénétrant dans le hall imposant, où le feu qui brûlait dans une cheminée ancienne créait une atmosphère intime.

— Oh ! comme c'est beau ! s'exclama-t-elle à la grande stupéfaction de Lorenzo.

— Tu détestais cette maison, s'entendit-il murmurer. Tu voulais une maison moderne. J'ai refusé de déménager parce que ce manoir était la maison de famille de ma mère, et bien que je ne l'aie jamais connue, savoir qu'elle a vécu ici me plaît.

— Je *détestais* cette maison ?

Brooke se tourna vers lui, l'air incrédule.

— Ça me paraît impossible.

Tout de suite après avoir parlé, elle se mordit la lèvre, prenant visiblement conscience que c'était au contraire tout à fait possible. Il se maudit. Que lui avait-il pris d'être aussi franc ? Il s'empressa de se diriger vers une porte qu'il ouvrit en déclarant d'un ton apaisant :

— Des tas de couples ont des goûts différents. Cette pièce est plus ton style.

Quel style ? faillit demander Brooke, interloquée. Tous les meubles étaient dorés, tandis que les rideaux, les murs et le sol étaient d'un blanc immaculé. Même le vase posé sur une table basse était garni de fleurs blanches… Certes, c'était un décor qui faisait de l'effet, mais pour sa part elle le trouvait froid et austère.

— Et là, c'est toi…

Lorenzo indiqua une grande photo accrochée au mur, sur laquelle elle posait assise sur le canapé de la pièce. Elle avait été prise à l'occasion d'une interview pour le magazine *Maisons de rêve*, qu'elle avait donnée quelques semaines seulement avant l'accident, précisa-t-il. Elle l'étudia, fascinée par l'épais rideau de cheveux raides qui tombait sur ses épaules. Inconsciemment, elle tira sur une de ses boucles.

— Il faudrait que je me fasse lisser les cheveux !

— Je les aime bien naturels, déclara Lorenzo.

— Honnêtement ? demanda-t-elle avec un pincement au cœur.

Comment le croire ? Il y avait une telle différence entre cette version d'elle-même si parfaite qu'elle semblait irréelle, et l'image qu'elle offrait à Lorenzo en ce moment même…

— Honnêtement, assura-t-il.

Elle secoua la tête, un peu dépassée. Ce retour à la maison se révélait plus éprouvant que prévu. Était-il possible que la blessure à la tête ait altéré ses goûts ? Quand elle avait exprimé ses inquiétudes à ce sujet, M. Selby avait été très rassurant, et il n'avait jamais manqué de lui rappeler qu'elle avait de la chance d'être en vie et de s'en être tirée sans pratiquement aucun dommage. Comme si la perte de tous ses souvenirs était quelque chose qu'elle devait tout simplement accepter. Et sans doute avait-il raison. Il n'y avait rien de moins séduisant que l'apitoiement sur soi-même, se dit-elle farouchement en regagnant le hall.

— Montons à l'étage, suggéra Lorenzo. Je vais te montrer ta chambre.

« Ta chambre », nota-t-elle.

— Nous faisons chambre à part ?

Lorenzo eut un sourire nonchalant.

— Tu aimes avoir ton propre espace et tu y recevais souvent ta styliste pour le choix de tes tenues. Partager la même chambre n'était pas pratique.

— Tu en sais davantage sur ma vie que moi sur la tienne.

— Je ne pense pas qu'il y ait quoi que ce soit qui puisse t'intéresser dans le monde de la finance. À moins bien sûr que tu aies décidé de créer une entreprise ou quelque chose dans le genre.

— Pas pour l'instant, non.

Elle inspira profondément. Chambre à part, donc. Pas étonnant que Lorenzo soit distant avec elle et enclin à la traiter davantage comme une amie que comme une épouse. Ils vivaient dans une maison immense mais ils ne semblaient pas partager grand-chose. Pas le même lit, pas les mêmes goûts, pas la même vie… Ce n'était pas sain, mais peut-être que ça convenait à Lorenzo. Pour sa part, elle trouvait ça déprimant. Comment avait-elle pu laisser l'homme qu'elle aimait s'éloigner d'elle à ce point dans tous les domaines ?

Parce qu'elle l'aimait forcément. Impossible d'imaginer qu'elle l'avait épousé pour une autre raison. Son argent, sa maison gigantesque et ses domestiques l'intimidaient. Mais pas lui. Avec lui elle se sentait… heureuse. M. Selby l'avait incitée à se demander si ce n'était pas simplement parce que sa présence apaisait son sentiment d'insécurité. Il lui avait demandé comment elle pourrait aimer un homme dont elle ne se souvenait pas. Mais elle savait qu'elle l'aimait, tout comme elle savait que le soleil se lèverait demain matin. Elle avait reconnu la voix de Lorenzo et c'était la seule chose dont elle se souvenait. N'était-ce pas la preuve qu'il occupait une place essentielle dans sa vie ?

Brooke entra dans une autre pièce au décor entièrement blanc. Mais dans une chambre, l'absence de couleur créait une atmosphère plutôt sereine, décida-t-elle.

— Et voici ton endroit préféré, annonça Lorenzo en ouvrant une porte.

Elle s'immobilisa sur le seuil d'un dressing extravagant. Des dizaines et des dizaines de sacs et de paires de chaussures garnissaient des étagères protégées par des vitrines. Des dizaines et des dizaines de vêtements luxueux aux couleurs vives étaient pendus sur les cintres d'une énorme penderie pleine à craquer. Le cauchemar parfait des adeptes de la consommation responsable…

Oh ! mon Dieu, je suis avide, superficielle et totalement irresponsable !

Elle avança dans la pièce d'un pas hésitant pour regarder les vêtements de plus près. Si elle était une icône de la mode, la vue des tenues qu'elle avait choisies et portées devrait réveiller des souvenirs, non ? À sa grande déception, l'examen des étiquettes ne lui évoqua rien.

— Bien sûr, tu vas devoir tout jeter.

Elle se retourna vers Lorenzo, effarée.

— Tout jeter ?

— Oui, tout ce que contient ce dressing est complètement démodé, depuis le temps. Il va falloir que tu te constitues une nouvelle garde-robe.

— Mais ce serait un gaspillage horrible ! protesta-t-elle tout en passant en revue un lot de jeans.

Déchirés, à paillettes, brodés… Pas un seul jean « normal ». Apparemment, celle qu'elle était avant n'avait jamais succombé à l'envie de porter une tenue juste confortable.

Lorenzo haussa les épaules.

— C'est ton style de vie. À chaque saison tu renouvelles

tout. J'imagine que tu vas passer des semaines à faire du shopping jusqu'à épuisement.

— Ça paraît un style de vie extravagant.

— J'ai les moyens de financer l'extravagance, répliqua-t-il en observant Brooke avec perplexité.

Pourquoi n'était-elle pas enthousiasmée à l'idée de faire du shopping ? Pourquoi semblait-elle perdue au milieu de sa pièce préférée ? C'était pourtant son univers, depuis les magazines de mode empilés sur une table basse jusqu'à la collection de chaussures dont elle était si fière. Mais de toute évidence, elle ne reconnaissait rien de tout ça…

Il quitta la pièce et Brooke s'efforça de trouver des raisons d'être optimiste. Dans sa chambre, elle devrait trouver des affaires personnelles susceptibles de réveiller des souvenirs. Des photos de ses parents, par exemple. Pour le reste, il semblait évident qu'elle n'était pas dans l'état d'esprit approprié pour redevenir une icône de la mode. Elle allait devoir trouver autre chose pour s'occuper. Se « réinventer ». Apparemment c'était la grande tendance… Et de toute façon elle n'avait pas le choix. Impossible d'envisager de porter une robe en dentelle transparente ou un jean troué aux fesses.

Sauf que… c'était la femme habituée à porter ce genre de tenues que Lorenzo avait choisi d'épouser. Une femme *sexy*. Était-ce le ciment de leur couple ? Une attirance irrésistible entre la femme sexy et l'homme réservé ? Était-ce parce qu'elle avait perdu ce côté sexy que Lorenzo était aussi distant avec elle ? Parce qu'elle n'émettait plus les bonnes vibrations avec ses tenues et son comportement ? Dans le doute, elle avait tout intérêt à faire semblant de redevenir la femme sexy qu'il avait épousée.

En était-elle capable ? Elle se remémora leur baiser et une douce chaleur se répandit entre ses reins. Peut-être était-elle plus sexy qu'elle ne le pensait. Peut-être qu'une fois au lit avec lui elle retrouverait naturellement la mémoire du sexe. Mais pourquoi s'imaginait-elle au lit avec lui ? Jusqu'à présent, pour avoir un simple baiser, il avait fallu qu'elle tombe littéralement sur lui… Peut-être était-ce elle qui prenait toujours l'initiative. Peut-être était-ce ainsi que fonctionnait leur couple. Dans ce cas, il allait falloir passer à l'action…

À moins que Lorenzo ait décidé d'attendre qu'elle soit rentrée chez eux. Peut-être que cette nuit, quand elle serait dans son lit, il viendrait la retrouver…

4.

— J'aimerais avoir des détails sur l'accident, déclara Brooke deux semaines plus tard pendant le dîner.

— Je ne pense pas que ce soit une bonne idée, objecta Lorenzo d'une voix traînante.

Pour la première fois, elle eut envie de le gifler. Pendant combien de temps allait-il encore la traiter comme une enfant vulnérable qu'il fallait protéger de tout ?

— Je ne suis pas d'accord. Puisque je ne conduisais pas, c'est toi qui me l'as dit, qui conduisait ?

— Un employé. Qui malheureusement est mort.

Elle se figea.

— Oh ! mon Dieu, c'est affreux ! Il faut que j'aille voir sa famille. Tu me donneras l'adresse ?

— Il n'avait pas vraiment de famille. Il vivait avec sa mère âgée. J'ai fait le nécessaire pour qu'elle soit à l'abri financièrement. Tu n'as pas besoin d'intervenir.

— Il faut que j'aille la voir pour lui présenter mes condoléances. C'est la moindre des choses.

Lorenzo dut se retenir pour ne pas rouler les yeux. Depuis quand Brooke était-elle compatissante et attentive aux autres ? Il crispa la mâchoire. À chaque fois qu'il la voyait, c'était une épreuve. Elle était si belle, si… *tentante*. En ce moment même, avec ses boucles mousseuses et son visage dénué de maquillage dans lequel brillaient ses yeux violets au regard vif, elle était superbe. Pourtant elle portait un jean tout simple et des chaussures plates. C'était une autre version, presque méconnaissable, de Brooke. Une version avec laquelle il n'avait pas l'intention de perdre son temps, parce que la transformation ne durerait pas. Elle ne *pouvait pas* durer. Inévitablement, sa soif de sexe, de gloire et d'argent referait surface. Et pour sa part, il s'en porterait beaucoup mieux.

Il n'avait aucune envie de se remémorer ce baiser redoutable à la clinique. Comment avait-il pu faire abstraction de tous les hommes avec qui elle l'avait trompé ? Elle avait éveillé en lui un désir ardent mais il était hors de question de l'assouvir. Qu'elle puisse encore lui faire un tel effet était incompréhensible. Quelques jours seulement avant l'accident, il avait eu la satisfaction de constater qu'il était devenu complètement imperméable à ses stratagèmes de séduction. Sans doute était-ce l'obligation dans laquelle il s'était trouvé de veiller sur elle pendant de longs mois qui avait fini par entamer sa carapace d'indifférence. C'était la seule explication à cet instant de faiblesse. Il n'était pas du genre à renouveler une erreur, surtout quand il s'agissait de la plus grave de sa vie. Parce c'était bien ça que représentait Brooke pour lui. La plus grave erreur de sa vie.

— Tu veux connaître toute l'histoire de l'accident ? Même si elle n'est pas agréable à entendre ?

Après tout, pourquoi ne pas satisfaire sa curiosité ? La laisser dans l'ignorance ne l'aidait pas à s'adapter à son retour parmi les vivants.

Brooke hocha la tête avec une pointe d'appréhension. Que ne lui avait-il pas dit ?

— Oui.

— Il y avait une autre femme à l'arrière de la limousine avec toi et elle n'a pas survécu non plus. J'ignore la raison de sa présence. Je me suis renseigné sur elle avant les funérailles, mais je n'ai rien trouvé qui puisse expliquer pourquoi vous étiez ensemble ce jour-là.

— C'est curieux… Qui était-ce ?

— Elle était serveuse dans un café de Londres, mais elle avait démissionné ce même jour en invoquant une urgence familiale. Or il se trouve qu'elle n'avait aucune famille. Et je n'ai rien trouvé d'intéressant à son sujet, ajouta Lorenzo en haussant les épaules. Je suppose que nous ne saurons jamais ce qu'elle faisait dans la voiture avec toi, à moins que tu retrouves la mémoire.

Brooke plissa le front. Qui pouvait bien être cette femme mystérieuse ? Et pourquoi avait-elle trouvé aussi peu d'indices sur sa vie personnelle dans sa chambre ? Elle avait épluché une douzaine de dossiers contenant des coupures de presse avec de gros titres suggestifs et des clichés la montrant dans des clubs en compagnie d'autres hommes que Lorenzo. En revanche, pas une seule photo de ses parents. Ni de personne d'autre, d'ailleurs. De toute évidence, toute sa vie tournait autour de son image dans les médias. L'idée qu'elle avait mené une existence aussi futile était complètement déprimante.

Et ce n'était pas l'état de son mariage qui risquait de lui remonter le moral. En dehors du dîner, elle ne voyait presque jamais Lorenzo. Quand elle avait fait l'effort de se lever à l'aube pour prendre le petit déjeuner avec lui, il n'avait pas semblé apprécier sa compagnie et s'était plongé dans le *Financial Times*, le seul journal disponible dans la maison.

Elle passait plus de temps avec son mari quand elle était à la clinique ! À présent qu'elle était de retour chez eux, il était très poli et très aimable, mais c'était quand même un peu comme si elle n'existait pas pour lui. Ce qui était bizarre, non ?

Mais de toute façon, tout était bizarre dans leur relation. Pourquoi ne couchait-il pas avec elle ? Les hommes étaient censés être très portés sur le sexe, non ? Qu'est-ce qui clochait chez elle ? Ou dans leur mariage ? Il y avait quinze jours qu'elle était rentrée et qu'elle était traitée comme une invitée plutôt que comme une épouse. Elle ne pouvait pas ignorer plus longtemps tous les détails qui la minaient depuis qu'elle était sortie de clinique. Si Lorenzo ne voulait plus d'elle, que faisait-elle sous son toit ?

— Pourquoi ne m'emmènes-tu jamais nulle part ? demanda-t-elle abruptement.

Lorenzo leva les yeux de son assiette et elle sentit le petit frisson d'excitation que son regard pénétrant ne manquait jamais de déclencher.

— Nous sommes toujours sortis chacun de notre côté. Et malheureusement, si nous étions vus en public, tu serais aussitôt assaillie par les paparazzis, parce que tu es l'icône de la mode revenue d'entre les morts et que tu excites la curiosité de beaucoup de gens. Je n'aime pas que les médias se mêlent de ma vie privée… contrairement à toi.

— Oh… Tu crois que ça pourrait faire les gros titres ?

— Je ne le crois pas, je le sais. Brooke…

Lorenzo soupira et, superbe et d'une nonchalance exaspérante, se cala dans son siège.

— Depuis le jour où je t'ai ramenée ici, il y a des photographes postés devant la grille. Si tu étais allée faire du shopping, tu les aurais vus. Mais peut-être que tu n'as pas envie d'attirer l'attention des médias pour l'instant ?

— Non, en effet.

— Mais avant tu adorais ça. Les paparazzis ne sont pas près d'abandonner et de s'en aller.

Sur ces mots, Lorenzo partit pour la banque Tassini. Brooke se retira dans sa chambre pour lire un livre sur l'Italie et les Italiens qu'elle avait commandé sur Internet pour tenter de mieux connaître son mari. Mais lire que les Italiens avaient le culte de la famille ne l'avançait pas à grand-chose, vu que le comportement de Lorenzo était en contradiction totale avec cette affirmation. Il prenait soin d'elle mais uniquement sur le plan matériel. Il avait pris les dispositions nécessaires pour qu'elle bénéficie du même suivi médical qu'à la clinique. Elle poursuivait la thérapie avec M. Selby en visioconférence et elle avait des séances de rééducation fonctionnelle à domicile avec un kiné. Elle était nourrie, logée, blanchie, habillée, soignée mais ça s'arrêtait là.

En plus d'un jean et de quelques T-shirts, elle avait commandé sur Internet une robe rouge, courte et décolletée, avec des escarpins à talons aiguilles assortis. Une première étape de sa transformation pour redevenir la femme qu'avait épousée Lorenzo au départ. Mais en réalité, elle n'était même pas sûre d'avoir un jour le courage de la porter.

Deux personnes étaient mortes dans cet accident et elle avait survécu. Elle avait encore plus de chance qu'elle l'avait cru. Lors de sa première sortie, elle rendrait visite à la mère du chauffeur et elle se rendrait sur la tombe de la femme qui était avec elle ce jour-là. Peut-être était-ce une amie. Elle eut un pincement au cœur. Peut-être sa seule amie. Parce que, apparemment, elle n'avait pas d'amies comme les autres femmes. N'aimait-elle pas les femmes ? Ou bien étaient-ce les femmes qui ne l'aimaient pas ? Sans amis ni famille, elle se sentait très seule…

Mais pas question de s'apitoyer sur son sort. Elle reprit sa lecture tout en caressant l'idée de mettre cette robe rouge pour le dîner. Trouverait-elle le courage ? Et si oui, Lorenzo remarquerait-il sa tenue ? Il ne semblait pas beaucoup la regarder…

Tout à coup, la porte s'ouvrit violemment et elle fit un bond sur le lit, les yeux écarquillés.

L'image même de l'innocence, songea Lorenzo avec rage en traversant la chambre à grands pas pour lancer sur le lit le journal qu'il avait acheté et mettre sous le nez de Brooke le titre qui s'étalait à la une : « Elle ne sait plus qui elle est ! »

Il était surtout furieux contre lui-même. Comment avait-il pu être assez stupide pour lui faire de nouveau confiance ? Il savait pourtant bien qu'elle était menteuse et manipulatrice dans l'âme ! Il perdait rarement son calme, mais quand il avait vu ce titre, il s'était senti trahi. Et aussitôt il s'était demandé *pourquoi*. Pourquoi se sentait-il trahi alors que Brooke recommençait juste à faire ce qu'elle avait toujours fait ? Exciter l'intérêt des médias. Son seul but dans l'existence… Il aurait dû s'y attendre, non ? S'il se sentait trahi, il ne pouvait s'en prendre qu'à lui-même. Quand avait-il commencé à oublier quel genre de femme elle était ?

— J'aurais dû me douter que tu trouverais de toute façon le moyen d'attirer l'attention des médias !

Brooke était muette de stupeur. Jamais Lorenzo n'avait élevé la voix contre elle… Mais jamais non plus elle ne l'avait vu aussi furieux. Ses traits étaient déformés par la colère.

— Vas-y, lis l'article et dis-moi que tu n'es pas responsable de ce tissu d'insanités !

Elle prit le tabloïd avec des mains tremblantes et resta interloquée devant une photo d'elle dans la robe bleue qu'elle avait portée une fois à la clinique. Puis elle se souvint de l'infirmière chaleureuse qui lui avait demandé si elle pouvait la prendre en photo avec son téléphone. Elle avait dit oui, bien sûr. Elle avait cru que c'était la robe qui intéressait la jeune femme. Comment aurait-elle pu deviner que celle-ci avait des motivations moins avouables ? Pas un seul instant elle n'avait pensé à refuser pour se protéger. Par conséquent, c'était bien de sa faute si cette photo se retrouvait dans un journal. Lorenzo avait raison…

— De toute évidence, tu es trop vaniteuse pour laisser

les médias s'interroger et suggérer que tu es peut-être défigurée ou en fauteuil roulant ! Tu m'affirmes que tu n'as pas envie d'attirer l'attention des médias et je découvre que tu leur as accordé une interview ? *Madre di Dio*, pourquoi suis-je surpris ?

— Une interview ? répéta-t-elle, de plus en plus stupéfaite, en tournant les pages.

La fureur de Lorenzo était très impressionnante… Il émanait de lui une émotion intense tout à fait inattendue. Malheureusement, ce n'était pas de cette manière qu'elle aurait aimé découvrir qu'il pouvait être plus expansif qu'elle ne le pensait.

— *Si*, une interview. Pendant que je m'occupe de recruter davantage de gardes pour te protéger, tu continues à entretenir le feu pour retrouver l'attention de tes admirateurs !

Brooke s'efforça de se concentrer sur l'article. Très vite, elle comprit comment avait été fabriquée cette prétendue interview. Certains propos qu'elle avait échangés avec le personnel de la clinique avaient été mêlés à des données médicales qui auraient dû rester confidentielles.

— Je n'ai jamais donné d'interview, Lorenzo. J'ai laissé une infirmière prendre une photo de moi et je suis désolée qu'elle l'ait communiquée à la presse, mais à l'époque je n'avais pas conscience d'être connue et je ne savais pas que j'aurais dû refuser. Si tu lis attentivement l'article, tu verras que je dis la vérité. C'est une *fausse* interview. Je n'ai aucune envie que les gens sachent que je souffre d'amnésie. C'est trop embarrassant.

— Malheureusement pour toi, je sais depuis longtemps que je ne peux pas croire un seul mot de ce que tu dis, parce que tu es une menteuse hors pair, objecta Lorenzo d'un ton glacial. Tu es capable des mensonges les plus grossiers. Et quand la vérité finit par se faire jour, tu te contentes de hausser les épaules avec désinvolture. Je n'ai jamais pu te faire confiance !

Jusque-là, Brooke avait réussi à conserver un semblant de calme malgré la colère de Lorenzo, mais ce discours lui fit l'effet d'une paire de gifles cinglantes. Elle se recroquevilla sur elle-même et serra ses genoux contre sa poitrine, tandis que le sang se retirait de son visage. Elle avait menti à son mari et il l'avait découvert ? Elle était une menteuse ? C'était la première fois que Lorenzo lui disait franchement ce qu'il pensait d'elle. Sous le coup de la colère, il avait oublié de la traiter comme quelqu'un de trop fragile pour supporter la vérité.

Elle avait cherché des tas d'explications à son attitude distante, mais cette fois il n'était plus possible de se voiler la face. Leur couple battait vraiment de l'aile. Lorenzo la voyait comme une menteuse en qui il ne pouvait pas avoir confiance... Consternée par cette révélation, elle se mit à se balancer doucement sur le lit en s'efforçant de résister au choc qu'elle venait de subir.

À la vue de la détresse manifeste de Brooke, Lorenzo sentit sa fureur s'évanouir aussi vite qu'elle s'était emparée de lui. Une fureur qui curieusement n'avait jamais explosé une seule fois depuis leur rencontre. Il s'assit au bord du lit et inspira profondément, accablé de remords. Comment avait-il pu perdre son sang-froid et se montrer aussi dur avec elle ? Elle semblait si vulnérable, si perdue... Rien à voir avec la femme dont il gardait le souvenir. La femme qu'il devait absolument oublier parce que cette version de Brooke risquait de ne jamais revenir...

— Je suis désolé. Je n'aurais pas dû me mettre en colère, reconnut-il en lui prenant la main. Quand j'ai vu ce journal, je suis devenu fou et...

— Nous vivons tous les deux une situation très stressante, coupa-t-elle d'une voix faible. C'est normal qu'elle t'affecte toi aussi.

Il resta silencieux. En réalité, il n'avait pas le sentiment d'être dans une situation stressante. Pour la bonne raison qu'il était en possession d'informations qu'elle ignorait encore. En revanche, il se sentait coupable, terriblement coupable. Comment avait-il pu hurler à ce point et lui lancer toutes ces accusations dans l'état où elle se trouvait ? Elle dégagea sa main de la sienne, à sa grande perplexité.

— Tu n'as pas besoin de faire semblant plus longtemps, Lorenzo. Tu as vendu la mèche. Notre mariage bat de l'aile, ce qui explique beaucoup de choses.

Déconcerté par la rapidité avec laquelle elle en était arrivée à cette conclusion, il eut une hésitation. Puis il la prit dans ses bras et l'installa sur ses genoux, avec une familiarité dont il n'avait jamais fait preuve jusque-là.

— Non, ça révèle juste que j'ai un caractère épouvantable, que d'habitude j'arrive à contrôler. C'est tout.

— Mais tu as dit que je mentais tout le temps et que tu ne pouvais pas me faire confiance ! s'exclama-t-elle d'une voix tremblante.

D'ordinaire, Lorenzo avait de la repartie, mais avec Brooke s'efforçant de réprimer des sanglots dans ses bras, il semblait soudain privé de cette qualité. Dire que c'était lui qui l'avait bouleversée à ce point… Depuis le début de sa convalescence, elle avait fait face avec un courage sans faille aux difficultés et aux angoisses générées par son amnésie. Et pourtant il avait réussi, pour la deuxième fois, à la faire fondre en larmes. Quel rustre ! Depuis quand était-il devenu assez dur et égoïste pour l'héberger sous son toit et en même temps ignorer superbement sa présence ? Comment aurait-elle pu ne pas remarquer qu'il ne se comportait pas comme un mari ? Comment aurait-elle pu ne pas trouver ça angoissant ?

— Est-ce que j'ai menti à propos d'argent ? demanda-t-elle d'une voix étranglée. Parce que je vois bien à ma garde-robe que j'étais un peu… dépensière.

Il éprouva un vif soulagement. Il était assez riche pour entretenir des centaines d'épouses dépensières, mais des mensonges concernant des dépenses excessives étaient bien moins dangereux pour son ego que ne le serait la vérité.

— Oui, affirma-t-il.

À sa grande satisfaction, il sentit qu'elle se détendait.

— Rien de très grave en réalité, mais tu mentais toujours sur tous tes achats.

— Eh bien, je ne le ferai plus. Je te promets solennellement de ne plus dire de mensonges et de ne plus dépenser trop d'argent. Il n'y a pas de plafond aux cartes de crédit que tu m'as données, n'est-ce pas ?

— Je ne crois pas qu'il y ait des raisons de s'inquiéter à ce sujet pour l'instant. Tu n'as dépensé que quelques centaines de livres depuis ton arrivée. Crois-moi, tu es capable d'être beaucoup plus dépensière. Je ne veux pas que tu t'inquiètes pour ça.

— Peut-être que le fait d'être mariée avec quelqu'un d'aussi riche que toi m'est monté à la tête et que je me suis laissé emporter…

Il y avait une information qu'il aurait dû lui transmettre plus tôt, se dit-il aussitôt.

— Non, tu n'étais pas sans ressources quand je t'ai épousée. Ton père t'a laissé un trust très confortable. C'était un négociant en vins très fortuné et tu étais fille unique.

Les grands yeux violets de Brooke s'écarquillèrent.

— J'ai de l'argent à moi ?

— Oui, mais quand nous nous sommes mariés, nous avons convenu que je paierais toutes les factures.

— Ça me surprend beaucoup, parce que je n'ai pas le sentiment d'avoir jamais eu beaucoup d'argent. Par exemple, tout le personnel qu'il y a dans cette maison, les limousines, tout ça… ça me met un peu mal à l'aise.

— Tes parents n'étaient pas riches, juste aisés.

Lorenzo déglutit péniblement. La chaleur du corps de

Brooke et ses seins qui effleuraient son torse éveillaient son désir et lui rappelaient qu'il n'avait pas couché avec une femme depuis longtemps. Aussi délicatement que possible, il la souleva de ses genoux et la reposa sur le lit.

— Tu ferais mieux de te reposer, dit-il en se levant. Je t'ai perturbée.

— Ça va mieux. L'infirmière qui a pris cette photo s'appelle Lizzie et si tu lis cette prétendue interview, tu verras que c'est juste un collage d'informations provenant de la clinique.

— Je ne l'ai pas lue. Je suis devenu fou de rage dès que j'ai vu le titre. Je vais informer la clinique de l'indiscrétion de cette infirmière.

— Je ne veux pas qu'elle ait des ennuis !

— Elle a vendu une photo de toi et révélé des données médicales confidentielles. La clinique doit protéger ses patients.

Lorenzo secoua la tête, de nouveau accablé de remords. Dire qu'il l'avait profondément perturbée en s'emportant contre elle à la vue d'un simple titre… Plus jamais il ne tirerait de conclusions hâtives à cause de son passé. Il n'avait pas réellement mesuré la responsabilité qu'il prenait en la ramenant dans la maison qui avait été la sienne. Et à présent il était coincé, ni marié ni divorcé, sa vie entre parenthèses à côté de la sienne…

Pendant combien de temps pouvait-il tolérer cette injustice ?

Alors que Lorenzo repartait à la banque, Brooke sortit dans le parc. Elle aimait se promener au soleil dans les allées de gravier, entourée de fleurs et d'arbres. Un petit chien surgit de sous une haie et se mit à aboyer contre elle. Elle pouffa devant cette petite boule de poils marron sur des pattes grêles.

— À qui appartiens-tu ? demanda-t-elle en s'asseyant sur un banc.

Le chien se précipita vers elle en remuant la queue et elle le caressa. Puis elle le souleva et constata que ce n'était pas *il* mais *elle*. Elle pouffa de nouveau et laissa la petite chienne s'installer sur ses genoux.

Le jardinier, qui faisait des plantations dans un massif à quelques mètres, leur lança un regard surpris. Quand elle se leva pour continuer sa promenade, la petite chienne la suivit.

— À qui appartient cette chienne ? demanda-t-elle au jardinier.

— Topsy est à vous, mademoiselle Tassini, répondit-il sans ciller.

Son amnésie n'était plus un secret dans la maison, comprit-elle. Mais peut-être ne l'avait-elle jamais été… Rougissant légèrement, elle reprit sa marche avant de se pencher pour caresser de nouveau Topsy. Quel plaisir de découvrir qu'elle avait une petite chienne et qu'elle aimait les animaux ! Ça réchauffait le cœur d'apprendre que celle qu'elle avait été possédait au moins une qualité. Jusque-là, elle semblait n'avoir que des défauts. Dire que son mariage battait de l'aile à cause de ses dépenses excessives et de ses travers… Mais ce n'était peut-être pas tout. Qu'avait-elle fait d'autre dont elle pourrait avoir honte ?

Au moins, Lorenzo avait résisté à la tentation très humaine de lui lancer à la figure toutes ses erreurs d'un seul coup. Vu les circonstances, c'était généreux de sa part. Il prenait toutes les précautions nécessaires pour la protéger des vérités déplaisantes. Comment pourrait-elle ne pas aimer un tel homme ?

Ce soir-là, elle s'habilla avec plus de soin qu'à l'ordinaire. Une fois prête, elle s'étudia dans un des nombreux miroirs de son dressing et il se passa une chose étrange. Le temps parut s'arrêter et elle fut prise de vertige. Dans le miroir, elle voyait une autre femme. Non, ce n'était pas une autre femme… c'était elle, les cheveux raides, vêtue d'une veste noire et d'une autre robe rouge. Elle était assise à l'arrière d'une limousine… La vision s'estompa et le temps reprit sa marche. Elle venait enfin de se souvenir de quelque chose ! Vivement qu'elle fasse part à M. Selby de cette lueur d'espoir…

En revanche il était inutile d'en parler à Lorenzo, non ? Un minuscule flashback qui ne comportait aucun détail important ne valait pas la peine d'être mentionné à Lorenzo. Malgré tout, c'était un premier pas prometteur vers une guérison complète.

Elle enfila ses escarpins et grimaça. De toute évidence, ses pieds avaient gonflé depuis l'accident parce que toutes ses chaussures lui faisaient mal…

Lorenzo était encore à l'étage quand elle arriva dans la salle à manger. Elle sortit sur la terrasse qui donnait sur le parc. Pouvait-elle suggérer à Lorenzo qu'ils dînent dehors pendant l'été ? Les soirées étaient si belles… Prenant soin de ne pas se tordre les pieds avec ses talons aiguilles et suivie de Topsy qui ne l'avait pas quittée de la journée, elle descendit les marches qui conduisaient au parc. Elle prit une allée menant vers un massif d'arbustes au-delà duquel s'étendait un bois. Topsy partit en avant et se mit soudain à aboyer si férocement que son cœur fit un bond dans sa poitrine.

— Topsy…

Un homme surgit de nulle part juste devant elle. Elle hurla de terreur et recula précipitamment, le cœur battant à grands coups. L'homme leva les mains d'un air interloqué, puis deux autres hommes apparurent derrière lui et l'emmenèrent.

Un bras se glissa autour de la taille de Brooke.

— Ça va ? demanda la voix familière de Lorenzo.

Submergée par un immense soulagement, elle s'affaissa dans ses bras.

— J'étais dans la salle à manger quand je t'ai entendue crier. Je n'ai jamais couru aussi vite de ma vie !

— Qui était-ce ? demanda-t-elle d'une voix tremblante. Que voulait-il ?

— C'était un paparazzi risquant le tout pour le tout. Tu n'as pas remarqué son appareil-photo ?

— Non… j'ai cru… j'ai cru que c'était un violeur ou quelque chose comme ça. Il ne m'est pas venu à l'idée que, dans un parc privé, c'était peu probable.

Lorenzo l'entraîna vers la maison.

— C'est encore de ma faute si tu as eu une nouvelle expérience désagréable aujourd'hui. Je m'apprêtais à doubler l'effectif de l'équipe de sécurité ce matin quand je suis tombé sur ce titre dans le journal. Et ensuite j'ai oublié.

— Tu as le droit d'oublier certaines choses de temps en temps. Et de toute façon, comment est-ce que ça pourrait être de ta faute ? Sans mon goût pour la publicité, je ne serais pas exposée à ce genre de problèmes.

— Tu n'as pas à te reprocher ton goût pour la publicité. C'était ton monde. Je n'aurais pas dû te donner l'impression que c'était un mauvais choix. Pour toi, ça ne l'était pas.

Et pourtant si, songea-t-elle. C'était un mauvais choix puisqu'elle était mariée avec Lorenzo, un homme qui tenait à préserver sa vie privée. Mais de toute évidence, ça n'avait pas empêché celle qu'elle était avant l'accident de continuer à assouvir sa soif de célébrité sans se soucier de ce que pensait son mari. Sa carrière passait visiblement avant son mariage.

— Topsy ! cria-t-elle.

La petite chienne arriva vers elle en courant, la langue pendante. Sans hésitation, elle la prit dans ses bras et la caressa en lui disant qu'il était une chienne de garde fantastique.

Lorenzo la considéra avec incrédulité. Brooke n'aimait pas les animaux, mais un admirateur anonyme lui avait offert la chienne toute jeune, à l'époque où les chiens « sacs à main » étaient en vogue. Elle l'avait ramenée à la maison, l'avait abandonnée dans la cuisine et ne l'avait plus jamais regardée. Il était temps pour lui d'avoir un nouvel entretien avec le psychiatre de sa femme pour lui demander comment il était possible qu'elle ait changé à ce point. Elle n'avait plus la même personnalité ni les mêmes goûts. Non seulement elle ne mangeait plus de salades, mais elle ne suivait plus du tout de régime. Elle n'utilisait plus la salle de sport et elle ne touchait pratiquement plus à l'alcool, à part un verre de vin au dîner. Les changements étaient si nombreux qu'il ne savait plus à quoi s'attendre de sa part, alors qu'avant l'accident, il croyait la connaître par cœur.

— Veux-tu boire un verre après cette rencontre pour le moins perturbante ? demanda-t-il d'un ton neutre.

— Non, merci. Mais surtout, merci d'avoir été là ce matin et ce soir pour me soutenir.

Brooke leva les yeux vers Lorenzo, le cœur gonflé de gratitude. Quelle chance elle avait ! C'était miraculeux que Lorenzo existe et qu'elle soit mariée avec lui. Il était son phare dans la tempête.

Électrisé par l'intensité du regard de Brooke, Lorenzo s'efforça d'ignorer la flèche de désir qui le transperça.

— Ce matin je ne t'ai pas vraiment soutenue, objecta-t-il d'un ton sarcastique. Je t'ai attaquée et je t'ai accusée à tort.

L'éclat des yeux violets s'accentua encore.

— Mais je te pardonne.

— Trop facilement, répliqua-t-il en reculant d'un pas, taraudé par un désir de plus en plus impérieux.

Brooke laissa échapper un petit rire surpris en prenant conscience qu'elle était en train d'acculer Lorenzo contre le mur. Elle promena les mains sur son torse, savourant le contact de ses muscles puissants à travers le coton de sa chemise. Se hissant sur la pointe des pieds, elle approcha sa bouche de la sienne. Deux mains très masculines plongèrent dans ses cheveux et elle sourit contre ses lèvres avant qu'il capture sa bouche. Avec la même fougue qu'à la clinique… Oh ! oui, son mari la désirait ! Parcourue de longs frissons fiévreux, elle sentit les pointes de ses seins se hérisser tandis qu'une chaleur délicieuse se répandait au creux de ses reins.

Il y eut un bruit derrière elle et Lorenzo la repoussa brusquement. Elle entendit Stevens murmurer des excuses, mais Lorenzo lui assura qu'il pouvait servir le dîner sans attendre.

Le visage en feu, elle gagna sa chaise et saisit son verre de vin avec des doigts tremblants. Mortifiée, elle était incapable de regarder Lorenzo. Comment avait-elle pu manquer à ce point de retenue ? Mais il était comme un aimant et sa force d'attraction était irrésistible. Elle n'avait jamais éprouvé un désir aussi puissant, elle en était convaincue. Et pourtant… comment cela serait-il possible ? À sa grande irritation, Lorenzo se comporta comme si rien ne s'était passé. Il lui demanda si elle avait passé une bonne journée et si elle avait apprécié sa promenade dans le parc. Peu à peu, au prix d'un immense effort, elle parvint à retrouver un semblant de calme. Après tout, elle ne pouvait pas lui en vouloir de ne pas être le genre d'homme à envoyer le dîner au diable pour se jeter sur elle et lui faire l'amour avec passion… *non* ?

5.

C'est maintenant ou jamais.

Brooke tentait de se donner du courage parce que ce qu'elle s'apprêtait à faire lui donnait envie de rentrer sous terre. Les nombreux miroirs du dressing lui renvoyaient l'image d'une silhouette mince moulée dans une chemise de nuit blanche en dentelle et satin. C'était étrange… Elle ne se sentait pas à l'aise et elle avait la conviction d'avoir toujours été du genre à dormir en pyjama. Mais à en juger par sa collection de vêtements de nuit et de lingerie, la femme qu'elle était avant l'accident n'avait jamais eu la faiblesse de privilégier les tenues confortables. Elle ne portait que des tenues sexy. Or c'était justement ce dont elle avait besoin ce soir. Parce que malgré le livre expliquant « comment enflammer votre partenaire », trouvé dans le tiroir de la table de chevet, elle avait toujours le sentiment de ne rien y connaître !

Et si Lorenzo la rejetait ? Comment parviendrait-elle à se remettre de cette humiliation ? Elle inspira profondément. Elle voulait un mariage normal et elle désirait Lorenzo. Alors quoi de plus normal que de faire des efforts pour être sexy ? Et pourquoi la rejetterait-il quand il l'embrassait comme si sa vie en dépendait ? Un peu rassurée par cette pensée, elle se dirigea vers la porte de communication entre leurs chambres et tourna la poignée.

Fermée ? Cette fichue porte était fermée ? Ça alors, c'était un comble ! Elle quitta sa chambre à grands pas. Puisque c'était comme ça, elle allait passer par le couloir !

Le cœur battant à tout rompre, elle ouvrit la porte de la chambre de Lorenzo. L'eau coulait dans la douche... Quelle chance ! Elle courut vers le lit, se glissa sous la couette et éteignit la lumière. Non, c'était une erreur. La timidité n'était pas plus sexy que le pyjama... Elle ralluma la lumière et promena son regard autour d'elle. Le décor créait une atmosphère beaucoup plus cosy que celle de sa propre chambre avec son blanc immaculé omniprésent.

Elle ferma les yeux et s'appliqua à respirer régulièrement. Comment Lorenzo allait-il réagir ? Oh ! elle ne se sentait pas du tout à la hauteur. S'il la rejetait... S'il la rejetait, il faudrait qu'il explique ses raisons, non ? Après tout, une autre petite partie du mystère de leur mariage serait éclaircie. Son amour-propre souffrirait de son rejet mais au moins elle aurait appris quelque chose.

Lorenzo sortit de la douche d'humeur maussade. Il prit une serviette pour se sécher les cheveux. Bon sang, depuis quand vivre sous le même toit que Brooke le mettait au supplice ? Il n'avait plus éprouvé la moindre attirance pour elle pendant presque trois ans. Mais depuis qu'elle était sortie du coma, son désir était revenu, cent fois plus intense qu'avant. C'était insensé !

Il regagna la chambre et se figea sur le seuil. Elle était là, dans son lit ? Ses dernières bribes de sang-froid l'abandonnèrent. Au diable l'autodiscipline ! Au diable les avertissements de ses avocats ! Il était dans sa chambre, il n'y avait pas de caméras et il pouvait faire tout ce qui lui plaisait avec la femme qu'il avait épousée. Brooke était toujours sa femme. Il avait envie d'elle et *elle* avait envie de *lui*. Quoi de plus simple ? C'était du pur instinct sexuel. Rien de plus.

— Je… j'ai pensé que…, bredouilla Brooke.

Pourquoi ne parvenait-elle pas à prendre une voix sexy ? Elle avait l'impression que c'était la première fois de sa vie qu'elle se retrouvait dans le lit d'un homme… C'était ridicule.

— Les grands esprits se rencontrent, déclara Lorenzo d'une voix profonde teintée de cet accent enchanteur qui était le sien.

Et il sourit. Il sourit *vraiment*. Elle sentit son cœur s'affoler dans sa poitrine, des papillons voltiger dans son ventre. Elle repoussa la couette et se redressa contre les oreillers. Son visage s'enflamma. Lorenzo était nu. Entièrement nu. Bronzé, musclé… et excité. La gorge sèche, elle dit d'une voix mal assurée :

— Alors, tu ne vas pas me jeter dehors ?

Il inclina légèrement la tête et l'enveloppa d'un regard brûlant qui l'électrisa.

— Tu as envie de moi ?

Un peu décontenancée par ce changement radical d'attitude, elle hocha la tête.

— Dis-le, intima Lorenzo.

Il fallait qu'il l'entende le dire à haute voix. Après tout, elle ne se rappelait pas avoir déjà couché avec lui. Pour elle, c'était sa première fois avec lui…

— J'ai envie de toi, murmura-t-elle d'une voix étranglée.

— *Dannazione*… Non, je ne vais pas te jeter dehors.

— Je veux que nous ayons un mariage normal.

— Il y a longtemps qu'il n'est plus normal.

— Pourquoi ?

— Ce n'est pas le moment d'en discuter, répliqua Lorenzo en jetant la serviette qu'il tenait toujours à la main et en se glissant sous la couette.

Brooke eut soudain l'impression de ne plus avoir d'air

dans les poumons. La chaleur du corps de Lorenzo la réchauffa avant même qu'il la touche. Puis sa bouche captura la sienne avec voracité et elle fut assaillie par une foule de sensations délicieuses. L'odeur de savon, de parfum et de peau propre qui émanait de lui était aussi grisante que le goût mentholé de sa bouche. Mais le plus fantastique, c'était le contact de ce corps chaud et musclé contre le sien. Tandis qu'une boule de feu se formait au creux de ses reins, elle pressa ses seins contre son torse musclé.

« Les grands esprits se rencontrent. »

Quelle joie d'entendre ces paroles ! Elles suggéraient qu'il l'attendait. Peut-être était-ce ainsi qu'ils fonctionnaient toujours. Peut-être était-ce toujours elle qui venait le rejoindre. En tout cas, recevoir un accueil aussi enthousiaste était incroyablement gratifiant.

« Réfléchissez bien à ce que vous faites. »

L'avertissement de ses avocats effleura Lorenzo mais il le chassa aussitôt de son esprit. Peu importait comment Brooke avait réussi à réveiller son désir. Comment rester raisonnable quand il passait ses nuits à fantasmer sur elle ? Il en avait assez de faire attention à ne pas commettre d'erreurs. Pour une fois, il allait se détendre et prendre les choses comme elles venaient. Il interrompit leur baiser le temps de débarrasser Brooke de sa chemise de nuit.

Brooke sentit ses joues s'enflammer sous le regard appréciateur de Lorenzo, mais son embarras s'évanouit dès qu'il l'embrassa de nouveau avec fougue. Un flot de chaleur l'envahit quand une main se referma sur un de ses seins et les caresses de Lorenzo lui arrachèrent un gémissement. Lorsque sa bouche prit le relais de ses doigts, elle poussa un cri étranglé. Comment avait-elle pu oublier des sensations aussi inouïes ? Même avec l'amnésie, ça semblait impossible…

Tandis que Lorenzo suçait et mordillait le bourgeon

hérissé, elle sentit la chaleur se concentrer entre ses cuisses et pressa instinctivement son bassin contre le sien. Il laissa échapper un petit rire qui la galvanisa. Elle s'enhardit et lui caressa le dos. « Les caresses doivent être fermes et assurées », conseillait le livre. Comment avait-elle pu oublier une chose aussi élémentaire que la façon de caresser son mari ? Il tressaillit et elle retira aussitôt sa main, inquiète.

— Non… n'arrête pas, murmura-t-il. J'aime les caresses.

Soulagée, elle recommença en savourant la douceur de sa peau veloutée. Mais bientôt il l'interrompit et l'immobilisa sur le dos pour explorer son corps avec ses mains et sa bouche. La chaleur concentrée entre ses cuisses s'intensifia, la mettant au supplice.

— Ça fait des semaines que tu me rends fou de désir, murmura-t-il tout en traçant un sillon de baisers à l'intérieur d'une cuisse.

— Vraiment ?

La voix de Brooke s'étrangla tandis que la langue de Lorenzo effleurait son sexe. Elle crispa les poings pour s'empêcher d'enfoncer les doigts dans ses cheveux ébouriffés.

— À chaque fois que je te regarde, je deviens fou.

— Ça ne se voit pas ! s'exclama-t-elle d'une voix entrecoupée.

Heureusement qu'elle avait pris l'initiative de sauter dans son lit, songea-t-elle confusément. Lorenzo poursuivait l'exploration de son sexe à pleine bouche et aligner des pensées cohérentes devenait impossible. Elle était en proie à un mélange de plaisir et de désir détonant, presque insupportable. Et tout à coup, ce fut l'explosion. Le plaisir prit toute la place et la submergea, prodigieux, complet, stupéfiant.

Alors qu'elle était encore tout étourdie, Lorenzo prit place entre ses cuisses en l'enveloppant d'un regard avide qui lui donna le sentiment d'être sublime et la bouleversa. Plus elle découvrait son mari, plus elle avait envie de lui… Il s'enfonça en elle mais son corps ne réagit pas du tout comme elle s'y attendait. Malgré son désir pour Lorenzo, elle fut transpercée par une douleur aiguë qui faillit lui arracher un cri. Heureusement, elle parvint à retenir ce dernier. Nul doute que ça aurait tout gâché. Lorenzo se serait senti coupable alors qu'il n'y était pour rien. Il n'y avait qu'une raison possible à cette douleur inattendue. Elle n'avait pas fait l'amour depuis plus d'un an. Et personne n'en était responsable. À son grand soulagement, la douleur s'estompa très vite et elle put s'abandonner au rythme de la danse lascive dans laquelle l'entraînait Lorenzo. Nouant les jambes sur ses reins, elle sentit de nouveau le plaisir monter, inexorable. Quand il déferla en elle, il lui arracha un long gémissement modulé.

— Waouh, murmura-t-elle un moment plus tard, moulue mais triomphante.

Elle avait eu raison de venir dans la chambre de Lorenzo. Tellement raison…

— Incroyable, commenta Lorenzo en s'affaissant à côté de Brooke, à bout de souffle.

Comment le sexe pouvait-il être devenu aussi différent avec elle ? Il avait l'impression d'être avec une autre femme. Oui, il fallait à tout prix qu'il parle à M. Selby. Mais sans mentionner leur nouvelle vie sexuelle, bien sûr. C'était privé… non ?

— Je ne prends pas la pilule, murmura Brooke avec une soudaine bouffée d'angoisse.

Si leur mariage avait besoin d'être reconstruit, ce n'était pas le moment de prendre le risque d'avoir un enfant…

— Est-ce que tu as… ?

— Tu as un stérilet, répliqua Lorenzo tout en s'interrogeant.

Aurait-il dû prendre des précautions ? Elle avait eu

plusieurs amants. D'un autre côté, à l'hôpital puis à la clinique on lui avait administré à peu près tous les antibiotiques connus à ce jour. D'accord. Mais bon sang, comment avait-il pu oublier de prendre des précautions ? Vu leur situation matrimoniale, il aurait dû y penser, non ? Mieux valait éviter de se torturer l'esprit. Sinon il allait devenir fou. Sauf qu'il l'était déjà… La situation dans son ensemble le rendait fou. Les médecins lui avaient conseillé, pour le bien de Brooke, de ne pas lui dire qu'ils étaient en instance de divorce. Il avait suivi ce conseil, mais le secret était-il vraiment ce qu'il y avait de mieux pour elle ?

Aurait-elle couché avec lui si elle était elle-même ?

En un clin d'œil, Lorenzo retomba dans un monde noir et blanc sans nuances de gris permettant l'indulgence. Brooke l'avait haï quand il avait demandé le divorce. Elle ne lui avait adressé que des injures pendant leur séparation, alors qu'à cause de ses infidélités, il avait été obligé de quitter sa propre maison pour un appartement en ville qu'il détestait.

— Nous n'aurions jamais dû faire ça ! s'exclama-t-il, pris de remords.

C'était elle qui avait pris l'initiative, se rappela-t-il aussitôt. Pourquoi avait-il le sentiment d'avoir profité de sa faiblesse ? Il n'avait aucune raison de se sentir coupable.

— Tu n'es pas toi-même… Tu ne sais pas ce que tu fais.

Brooke fut arrachée brutalement à sa douce torpeur. Elle se disait qu'il était étrange que Lorenzo sache qu'elle était sous contraception alors qu'elle l'ignorait, mais cette réalité ne la perturbait pas outre mesure. En revanche, le cri du cœur de Lorenzo la fit basculer dans un état proche de la panique. Elle ne voulait pas qu'il regrette ce qu'ils venaient de vivre !

— Non ! Tu te trompes !

— Non. Je ne suis pas ravi d'avoir raison mais c'est un fait.

— Non ! Tu ne peux pas dire ça ! protesta-t-elle en se redressant d'un bond.

Belle et nue comme une nymphe... Ébloui malgré lui, Lorenzo fut transpercé par une flèche de désir qui lui coupa le souffle.

— Pourquoi ? demanda-t-il avec une pointe d'amertume. J'ai profité de toi.

— Pas du tout !

Elle se pencha sur lui, une main de chaque côté de sa tête. Les pointes de ses seins effleurèrent son torse, le mettant au supplice.

— C'est moi qui suis venue dans ton lit ! J'avais envie de toi et nous avons passé un moment fantastique ! Il n'y a rien de plus à dire !

Lorenzo rencontra le regard étincelant des yeux violets. Sans qu'il le veuille, ses mains s'enfoncèrent dans la crinière blonde de Brooke et il goûta brièvement ses lèvres pulpeuses. Le désir le submergea, plus impérieux que jamais.

— Je crois que je suis en train de retomber amoureuse de toi, Lorenzo.

Le cœur serré, Brooke vit Lorenzo se figer. Comme si elle l'avait changé en pierre. Une réaction intéressante pour un homme qui venait d'entendre cette déclaration de la bouche de sa femme...

— Tu ne peux pas m'aimer... tu ne me connais pas, rétorqua-t-il d'un ton neutre.

— Objection. Il y a presque trois mois que je suis sortie du coma et pendant tout ce temps tu m'as apporté un soutien sans faille. J'ai appris à te connaître. J'ai vu que tu faisais systématiquement passer mon bien-être avant tout le reste. Tu es dans une situation très éprouvante mais tu ne penses jamais à toi. Alors ne me dis pas que je ne peux pas t'aimer parce que je ne te connais pas. Je sais ce que j'ai vu et ce que je ressens. Je suis vraiment en train de tomber amoureuse de toi.

Lorenzo ouvrit la bouche comme pour protester, puis il la referma. Et il attira Brooke contre lui.

— Peu importe. J'ai encore envie de toi.

— Il n'y a rien de mal à ça.

— *Dio… cara mia*, laissa-t-il échapper. Alors je suis libre de vivre tous mes fantasmes ?

— Absolument, répliqua-t-elle avec une assurance qu'elle ne se connaissait pas.

Dire qu'une heure plus tôt elle était encore timide et pleine de complexes…

— J'ai un appétit féroce, prévint Lorenzo d'une voix rauque.

— Moi aussi, murmura-t-elle, submergée par une chaleur intense.

Lorenzo avait envie d'elle. Il lui avait même dit qu'il devenait fou à chaque fois qu'il la regardait. Pourquoi ne s'en était-elle pas rendu compte elle-même ? Pourquoi ne gardait-elle pas le moindre souvenir de lui ? Pourquoi n'avait-elle conservé aucun réflexe de leur vie antérieure ? Chassant ces questions de son esprit, Brooke s'abandonna à son baiser passionné. La seule chose qui comptait, c'était qu'il la trouve sexy… Il la saisit par les hanches et la souleva au-dessus de lui pour entrer en elle avec une lenteur dévastatrice. Puis il l'aida à le chevaucher, guidant ses mouvements tout en lui prodiguant des caresses diaboliques, jusqu'à une nouvelle explosion de plaisir partagé. Rompue, elle s'affaissa sur lui et posa la tête sur son épaule avec un sourire béat.

Lorenzo observait sa femme au petit déjeuner, de plus en plus déconcerté. Pelotonnée dans un fauteuil, affectueuse, joueuse, elle mangeait un toast avec appétit tout en donnant des miettes à Topsy. Brooke ne mangeait *jamais* de glucides. Brooke traitait les glucides comme du poison. Il ne l'avait jamais vue affectueuse ni joueuse, même avant leur mariage. Une heure plus tard, il rencontrait son psychiatre pour lui demander son avis.

— Oui, il est possible qu'elle soit *très* différente sans ce système de référence lié à la célébrité qui était autrefois essentiel à l'image qu'elle avait d'elle-même, déclara le psychiatre sans hésiter. Il existe des cas de cette nature qui sont attestés, mais je crains de ne pas pouvoir vous dire ce que vous devez faire. C'est *votre* décision. Cependant, je pense que vous pourriez peut-être bientôt lui dire qu'avant l'accident vous étiez en instance de divorce.

Lorenzo rumina cette suggestion sans enthousiasme sur le chemin de la banque Tassini, où il devait assister à une réunion du conseil d'administration. Cette nuit ils avaient couché ensemble. Aujourd'hui il lui annonçait qu'ils étaient en instance de divorce ? Il inspira profondément. Non. Impossible. Quand ce serait le bon moment, il le sentirait. Il n'avait aucune envie de la perturber. Son rôle était toujours de la soutenir.

Toutefois il n'était pas question d'oublier le divorce et de rester marié avec elle. Il ne pouvait lui pardonner ni ses mensonges ni ses infidélités. Par conséquent, la situation était toujours aussi impossible…

Sans se douter du dilemme dans lequel était enfermé Lorenzo, Brooke s'apprêtait à s'habiller pour sortir. Vu le style de vêtements que contenait son dressing, le choix était difficile. Bien sûr, elle n'était pas obligée de porter du noir pour présenter ses condoléances, mais elle ne pouvait décemment pas mettre une tenue trop habillée ni trop voyante. Ce serait un manque de respect inadmissible. Elle se décida pour une jupe crayon marine et un haut rayé en soie. Mais elle ne parvint pas à remonter complètement la fermeture Éclair de la jupe et grimaça. De toute évidence, elle avait grossi… Un pantalon palazzo noir remplaça la jupe. En quittant la maison pour la première fois depuis son arrivée, elle éprouva une intense satisfaction. Quel soulagement d'avoir enfin le cran de faire le nécessaire pour tourner la page de l'accident !

L'assistante de Lorenzo à la banque avait paru surprise par son coup de téléphone, mais elle lui avait communiqué volontiers l'adresse de la mère du chauffeur et les informations qu'elle possédait sur la passagère qui avait trouvé la mort dans l'accident.

La mère du chauffeur fut enchantée du bouquet qu'elle lui offrit et très heureuse d'avoir une occasion de parler de son fils. Elle fit plusieurs allusions aux généreux pourboires qu'il recevait régulièrement de sa part et Brooke fut soulagée d'apprendre qu'elle avait été généreuse avec son chauffeur. Elle alla ensuite se recueillir sur la tombe de Milly Taylor, le cœur plus lourd. La police avait effectué des recherches, mais seul le dernier employeur de la jeune femme avait déclaré la connaître. Elle avait prévu de lui rendre visite dans son café, après le cimetière.

La pierre tombale était sobre. Brooke y déposa son bouquet et soupira. Cette femme était-elle une amie ? Sa seule amie ? Ça semblait logique, mais se serait-elle liée d'amitié avec quelqu'un d'un milieu si différent du sien ? Qu'auraient-elles eu de commun ?

On pouvait facilement aller à pied au café depuis le cimetière, si bien qu'elle avait demandé à son chauffeur de venir la prendre là-bas. En chemin elle passa devant un marchand de journaux et un magazine attira son regard. Elle s'arrêta pour y jeter un coup d'œil. C'était une photo d'elle qui figurait en couverture, barrée d'un gros titre : « Divorce ou réconciliation ? »

— Pour le lire il faut l'acheter, intervint le vendeur d'un ton irrité.

Les joues en feu, elle paya le magazine, puis elle s'immobilisa quelques mètres plus loin pour lire l'article en page intérieure. Les effets du choc se propagèrent en elle par vagues successives. Les jambes tremblantes, elle fut prise de vertige et réprima une nausée. Tout ce qu'elle croyait savoir de Lorenzo s'en allait en fumée. Tout ce qu'elle croyait savoir d'elle-même n'avait pas plus de réalité. Des rumeurs de liaisons ? Oui, elle avait vu ces photos d'elle dans des clubs en compagnie d'autres hommes, mais elle pensait que c'étaient de simples relations, professionnelles ou mondaines. Pas un seul instant elle n'avait imaginé que… ?

Lorenzo partait ce soir en voyage d'affaires en Italie et il serait absent une semaine. Si elle voulait avoir une chance de lui parler avant son départ, il n'y avait pas une minute à perdre…

6.

— Votre femme est ici et elle voudrait vous voir, annonça l'assistante de Lorenzo un peu plus tard.

Il se leva, déconcerté. Pas une seule fois depuis qu'il la connaissait, Brooke n'était venue le voir à la banque.

Dès qu'elle entra dans la pièce, il comprit qu'il se passait quelque chose de grave. Très pâle, le regard terne, elle s'immobilisa au milieu de la pièce, raide et hésitante.

— Qu'est-ce qui ne va pas ? demanda-t-il d'une voix calme. Ou dois-je plutôt te demander si tu vas mieux ? C'est la première fois que tu sors de la maison depuis que tu as quitté la clinique.

Brooke se mordit la lèvre. Que lui avait-il pris de venir à la banque ? Ce n'était pas le lieu le plus approprié à la discussion qu'elle devait avoir avec Lorenzo.

— Je n'aurais pas dû venir ici, murmura-t-elle. Je vais rentrer t'attendre à la maison. Nous pourrons parler avant ton départ pour l'aéroport.

Lorenzo lui avança un fauteuil.

— Non, assieds-toi. Tu sembles préoccupée. Tu veux du thé ? Du café ?

— Je veux bien un café.

Elle prit une profonde inspiration. Avec un peu de chance, la caféine l'aiderait à se ressaisir. Pour l'instant, elle se sentait complètement perdue au milieu la tempête.

Elle était trop dépendante de Lorenzo. Il était omniprésent dans sa vie et dans ses pensées depuis qu'elle était sortie du coma. Depuis son réveil, elle avait construit toute sa vie autour de lui. L'idée que leur mariage n'était qu'un mirage la laissait complètement désemparée. Elle avait l'impression de se noyer dans une mer de doutes et de regrets.

Le café arriva en un temps record et elle fut soulagée d'avoir quelque chose pour occuper ses mains. Une tasse en porcelaine au lieu d'un gobelet, constata-t-elle machinalement. Puis elle esquissa un sourire. Comme c'était étrange de remarquer un détail pareil dans l'état où elle était… À moins que ce soit parfaitement normal, au contraire. En fait, elle était prête à penser à n'importe quoi d'autre qu'au gouffre béant qui venait de s'ouvrir sous ses pieds.

— Je suis allée voir la mère de Paul Jennings, ce matin.

Lorenzo s'appuya contre son bureau. Vêtu d'un costume sombre à la coupe impeccable, il était plus superbe que jamais. Pas étonnant qu'elle se soit attachée à l'idée qu'il était *son* homme… N'importe quelle femme dans les mêmes circonstances aurait réagi de la même manière. Non seulement il était beau comme un dieu, mais c'était un amant incroyable et il était resté solide comme un roc pour elle à toutes les étapes de sa convalescence. Quelle que soit la vérité sur leur mariage, elle lui devait une immense gratitude pour sa générosité.

— Oui, mon assistante m'a fait part de tes projets. J'ai trouvé que c'était une bonne nouvelle que tu sortes enfin de la maison. Quel problème as-tu rencontré ?

— Oh… Aucun problème, répliqua-t-elle d'un ton crispé. J'ai acheté un magazine parce que j'ai vu ma photo en couverture.

— *Dio*… j'aurais dû me douter que tu ferais ce genre de choses, commenta Lorenzo en se raidissant.

Malgré son désarroi, elle releva le menton et plongea son regard dans le sien.

— Tu ne peux pas me protéger de tout, Lorenzo… et tu ne devrais surtout pas tenter de me protéger de la vérité. S'il est vrai que nous étions en instance de divorce avant l'accident, tu aurais dû me le dire depuis longtemps.

Il se redressa et leva la main pour la faire taire.

— Bien sûr, je sais pourquoi tu ne m'as rien dit, poursuivit-elle en ignorant ce geste. M. Selby ou un autre brillant médecin t'a prévenu que ce serait trop difficile à supporter pour mon pauvre petit cerveau endommagé. Mais je ne suis pas d'accord avec cette approche surprotectrice, parce que je suis de retour dans la vie réelle. Il faut que je m'y adapte, même si elle est dure et déstabilisante. Je ne suis pas une enfant.

Lorenzo considéra Brooke avec une surprise mêlée d'admiration. Le sang-froid et la dignité dont elle faisait preuve dans cette situation très perturbante étaient impressionnants. Il ne s'attendait pas du tout à ça de sa part. Face à un problème, elle avait toujours été du genre à piquer une crise de rage et à s'en prendre à la terre entière. Il inspira profondément. Impossible de nier la vérité.

— En effet, nous étions en instance de divorce avant l'accident.

— Pourquoi ?

Il réprima un soupir. Elle semblait minuscule dans ce fauteuil. Et elle était blanche comme un linge. Comment dire à la femme qu'elle était aujourd'hui qu'elle l'avait trompé avec des tas d'hommes, en gros avec tous ceux qui lui avaient laissé entendre qu'ils pourraient l'aider à réaliser son rêve de faire du cinéma ? Il n'avait jamais éprouvé la moindre difficulté à annoncer une mauvaise nouvelle. En fait, ça faisait partie de son rôle de banquier. Mais accabler la femme assise devant lui ? Non. Il ne pouvait pas lui dévoiler la réalité sordide de leur mariage pour l'instant. La nouvelle du divorce avait déjà dû être un coup terrible pour une femme qui lui avait dit cette nuit qu'elle pensait être amoureuse de lui. Peu importait que cette impression soit due à son amnésie. Il valait mieux attendre avant de tout lui dire. Les mauvaises nouvelles l'étaient un peu moins si elles arrivaient petit à petit sur une période prolongée.

— Nous étions mal assortis. Pas les mêmes aspirations, pas la même conception de la vie. Je voulais des enfants, toi non. Je voulais un foyer, tu voulais seulement un cadre prestigieux pour tes photos. Le divorce était inévitable.

— Et… les hommes, les aventures ?

— Des rumeurs. Mais j'avais du mal à supporter les rumeurs.

Brooke baissa la tête mais elle respirait un peu mieux. Dieu merci, elle était délivrée de sa pire crainte ! Imaginer qu'elle avait pu tromper Lorenzo était insupportable.

— Bien sûr. Même si je ne me souviens de rien, je vois bien que la femme que j'étais et l'homme que tu es n'étaient pas faits l'un pour l'autre.

Lorenzo réfléchissait. Devait-il la conduire au penthouse qu'il lui avait acheté, afin de sceller de nouveau leur séparation ? Il l'imagina seule dans l'appartement, perdue, déstabilisée. Non. Il perdait peut-être la raison, mais il ne pouvait pas se résoudre à l'abandonner à son sort.

— Et il ne faut pas que je continue à vivre chez toi, conclut-elle.

Il se raidit. Il ne pouvait pas la laisser partir. En tout cas, pas encore. Elle n'était pas en état d'être lâchée toute seule dans la nature. Ça ne le regardait peut-être plus, mais il ne pouvait pas s'empêcher de continuer à se sentir responsable d'elle. Pour l'instant, une séparation serait prématurée.

— J'ai une meilleure solution, s'entendit-il déclarer. Je te propose de m'accompagner en Italie ce soir.

Depuis quand parlait-il sans réfléchir ? se demanda-t-il avec effarement.

— En Italie ? répéta Brooke, comme si c'était un pays exotique dont elle n'avait jamais entendu parler.

Vu les circonstances, la dernière chose à laquelle elle s'attendait, c'était une proposition de ce genre !

— Oui. Ça te ferait du bien d'échapper aux paparazzis et de pouvoir respirer un peu. Au Royaume-Uni tu es une célébrité, mais en Italie tu n'es pas très connue. La presse nous laissera tranquilles. Nous avons besoin d'une pause.

Brooke releva la tête, le cœur battant.

— Nous ?

— *Nous*, assura Lorenzo d'une voix ferme en se détendant un peu.

Il se détendit. Oui, c'était la meilleure solution pour sortir provisoirement de cette situation chaotique.

— Mais nous sommes en instance de divorce, rappela Brooke.

— La procédure est suspendue depuis le jour de l'accident. Quelques semaines supplémentaires ne feront pas une grande différence. Nous pouvons nous séparer ou divorcer à n'importe quel moment. Ne laissons pas des décisions passées conditionner nos décisions actuelles alors que la situation a changé. Soyons patients pendant encore quelque temps et voyons comment les choses évoluent. Tu peux encore retrouver la mémoire.

Brooke avait l'impression d'être sur des montagnes russes. Elle était venue voir Lorenzo à son bureau le cœur broyé, en pensant que leur mariage était une comédie déjà terminée et qu'il était de son devoir de lui rendre sa liberté malgré son amour pour lui. Parce que même si elle avait semé la pagaille dans leur mariage, elle l'aimait encore. Elle en était persuadée.

Mais la réaction de Lorenzo était tout à fait inattendue. Il lui proposait de donner une seconde chance à leur mariage. Parce que c'était bien de ça qu'il s'agissait, non ? Il ne souhaitait pas reprendre sa liberté immédiatement. Il était prêt à attendre… prêt à continuer à vivre avec elle. Elle laissa échapper un long soupir tremblant. Quel soulagement ! Submergée par toutes les émotions qu'elle s'efforçait de contenir depuis qu'elle avait lu l'article sur leur divorce, elle sentit des larmes lui brûler les yeux. Elle battit des paupières et but une gorgée de café froid.

Lorenzo se pencha vers Brooke pour lui ôter sa tasse des mains et la poser sur la table. Puis il prit la jeune femme dans ses bras. Ce n'était pas de la pitié, songea-t-il. C'était un mélange insensé de désir, de responsabilité, de compassion et de fascination pour la femme qu'elle était aujourd'hui. Il l'emmenait en Italie avec lui. Affaire réglée.

— Je suis désolée, dit-elle d'une voix entrecoupée de sanglots avant de se ressaisir et de lui adresser un sourire contrit. C'est le choc. Je m'attendais à…

— Ne te prends pas la tête. Fais comme moi. Je suis pragmatique et intéressé. Un homme typique, en somme. J'ai envie de t'avoir dans mon lit la nuit.

Un petit rire étranglé échappa à Brooke et ses larmes s'arrêtèrent instantanément.

— C'est vrai ?

— Tu ne m'as même pas demandé quels étaient mes torts dans notre mariage. Ils n'étaient pas tous de ton côté. Je travaillais beaucoup, je te laissais trop souvent seule et je ne t'emmenais qu'à des dîners ennuyeux à mourir où tout le monde parlait de finance. Tu n'étais pas heureuse avec moi, toi non plus.

— Nous verrons comment ça se passe en Italie. Comme tu l'as dit, nous pouvons nous séparer à n'importe quel moment, si bien que nous n'avons aucune raison de nous sentir piégés ni l'un ni l'autre.

— Tu te sens piégée ?

— Non… Je ne me sens pas piégée du tout. Peut-être

que je suis un peu plus mûre qu'avant l'accident. De toute évidence, j'ai changé. Je n'ai plus envie d'être poursuivie et prise en photo. J'ai perdu ce qui semble avoir été un goût immodéré pour la mode et les vêtements… Oh ! je vais être obligée de faire du shopping si tu m'emmènes en voyage. Beaucoup de vêtements, et toutes les chaussures, ne me vont plus.

— Je vais faire envoyer une styliste à la maison cet après-midi pour t'équiper. Et je vais remettre le vol à demain matin. Mais ça veut dire que je vais devoir travailler tard ce soir, d'accord ?

— D'accord.

Lorenzo contempla le visage en forme de cœur de Brooke tandis qu'une question tourbillonnait dans son esprit. *Qu'est*—ce que je suis en train de faire *?* Au lieu de chercher la réponse, il se pencha vers les lèvres pulpeuses qui ne demandaient qu'à être goûtées.

Brooke eut l'impression que de la lave en fusion se répandait dans ses veines. C'était comme ça à chaque fois que Lorenzo l'embrassait. C'était comme une drogue puissante et dangereuse, qui stimulait chaque parcelle de son corps. Elle mourait d'envie de prolonger ce baiser, de l'approfondir, de se presser contre Lorenzo… Elle s'écarta de lui avec un sang-froid dont elle fut très fière. Son regard rencontra le sien, ses yeux noirs étincelants de désir, et elle sentit ses joues s'enflammer. C'était peut-être cette attirance irrésistible qui avait constitué le lien le plus fort de leur mariage. Et c'était peut-être tout ce qui restait pour tenter de le reconstruire.

En tout cas, elle voulait qu'il arrête de se sentir responsable d'elle comme si elle était une enfant sans défense. Elle voulait qu'il comprenne qu'elle n'avait plus besoin d'être traitée avec ménagement, qu'elle était adulte et capable de se débrouiller seule. Même si ça impliquait de le perdre au passage. Ce qui était tout à fait possible, puisque leur mariage avait visiblement battu de l'aile très rapidement.

Mais où était passée la jeune femme dévorée d'ambition qu'elle avait été ? Pourquoi ne s'intéressait-elle plus du tout à la mode ? Où étaient passées l'assurance et l'effronterie qui transparaissait sur toutes les coupures de presse conservées dans ses albums ? Seuls le temps ou le réveil de sa mémoire apporteraient des réponses à ces questions. Cependant, continuer à prendre des initiatives et à affronter des situations potentiellement pénibles lui ferait probablement le plus grand bien. Sur le chemin du retour, elle allait s'arrêter au café où avait travaillé Milly Taylor pour se renseigner sur elle. Ça l'aiderait peut-être à comprendre quel lien avait pu unir deux femmes apparemment si différentes.

Le café faisait également pâtisserie et Brooke attendit patiemment que la file de clients soit servie. Quand la femme qui était derrière le comptoir la vit, elle pâlit et recula d'un pas, les yeux écarquillés.

— Milly ? s'exclama-t-elle d'une voix tremblante en mettant la main devant sa bouche dans un geste de stupeur. Non… Non, vous n'êtes pas Milly, mais pendant un instant la ressemblance m'a fait un de ces chocs !

Brooke plissa le front avec perplexité.

— Je suis Brooke Tassini. Milly est morte dans l'accident dans lequel j'ai été blessée. Vous semblez trouver que je lui ressemble… J'ai perdu la mémoire et j'essaie de savoir qui était Milly pour moi.

— Brooke ? Je m'appelle Marge, déclara la femme en faisant le tour du comptoir. En vous regardant bien, la ressemblance n'est pas aussi frappante que je l'ai cru au départ. Mais Milly avait les mêmes boucles blondes que vous, les mêmes yeux violets. Venez voir la photo.

Brooke traversa le café pour observer la petite photo de groupe accrochée au mur. L'image n'était pas très nette mais la ressemblance entre Milly et elle était malgré tout frappante.

— Lui est-il arrivé de faire allusion à moi ? Je me demande à présent si ce n'était pas une parente éloignée, une cousine ou quelque chose comme ça.

— Non, Milly n'a jamais parlé de vous, répondit Marge avec une moue contrite. C'était quelqu'un de très discret. Pour être honnête, je ne pense pas qu'il y avait grand-chose dans sa vie à part le travail. Et elle n'a travaillé ici que deux mois. J'avais l'impression qu'elle ne restait jamais très longtemps au même endroit, mais j'ai quand même été surprise ce matin-là quand elle m'a annoncé qu'elle arrêtait. Elle semblait bien se plaire ici. Elle m'a dit qu'elle était obligée de démissionner à cause d'un problème familial.

Marge fit la grimace.

— Elle semblait oublier qu'elle m'avait dit un jour qu'elle n'avait pas de famille.

— Oh…

Brooke réprima un soupir. Elle n'avait pas appris grand-chose. Malgré tout, la ressemblance était un fait nouveau qui n'avait été mentionné nulle part. Sans doute parce que Marge était d'une génération qui ne connaissait pas Brooke Tassini. Elle remercia Marge d'avoir répondu à ses questions et prit congé d'elle. Alors qu'elle se dirigeait vers la porte, une image jaillit dans son esprit et la cloua sur place. Elle était dans le café et un homme manifestement ivre l'apostrophait tandis que Marge ouvrait la porte en grand en lui demandant de s'en aller. Elle tenta désespérément de faire durer ce flashback pour en voir plus, en savoir plus. En vain. Gênée d'avoir déjà pris beaucoup de temps à Marge pendant sa journée de travail – Marge qui servait une nouvelle file de clients – Brooke sortit du café et resta un instant immobile sur le trottoir, au comble de la frustration. Pourquoi ne se rappelait-elle jamais rien d'utile ? De toute évidence, elle était déjà venue dans ce café, sans doute pour voir Milly. Marge ne s'était pas souvenue d'elle, mais ça n'avait rien d'étonnant vu le nombre de clients qu'elle voyait défiler chaque jour.

Ce qui était surprenant, en revanche, c'était cette ressemblance. Coïncidence étrange, non ? Mais quel rapport avec la présence de Milly dans la voiture ?

7.

Brooke était détendue dans la voiture qui les conduisait de l'aéroport à Florence.

Même le réveil à l'aube n'avait pas réussi à la stresser. Le changement de décor était un soulagement et l'aidait à oublier par moments les pensées qui tournaient en boucle dans son esprit. Ces pensées avaient failli la pousser à ressortir hier pour aller à la recherche d'autres magazines people qui pourraient lui en apprendre davantage sur son mariage. Cependant, elle avait résisté à la tentation et s'était concentrée sur le choix d'une garde-robe capsule avec les conseils de la styliste qui était arrivée à Madrigal Court dans l'après-midi. Le soir, elle avait été un peu déçue parce que Lorenzo était rentré si tard qu'il ne l'avait pas rejointe dans sa chambre.

La robe bleue et blanche à fines bretelles qu'elle avait mise pour le voyage était parfaite pour la chaleur de l'été italien. Ce n'était pas un modèle particulièrement tendance, mais en plus d'être élégante, la robe avait l'avantage de la flatter en ne soulignant pas trop ses formes. Des formes qu'elle commençait à soupçonner d'être un peu trop généreuses… D'après Lorenzo, avant l'accident elle suivait avec rigueur un régime très strict. Était-ce en raison d'une propension à prendre du poids ? En tout cas elle était ravie d'avoir grossi, parce qu'elle était beaucoup trop mince quand elle était sortie du coma. Et de toute façon, le fait qu'elle avait la taille mannequin et un physique parfait avant l'accident n'avait pas évité le naufrage de leur mariage. Aujourd'hui elle avait des cicatrices et des formes plus pleines, mais ça ne semblait pas rebuter Lorenzo. Il était vrai qu'après l'intervention de chirurgie réparatrice dont elle avait bénéficié, les cicatrices étaient très discrètes.

— Suis-je déjà venue dans ta maison de Florence ? demanda-t-elle à Lorenzo.

— Non. J'ai voulu t'y amener plusieurs fois mais ça ne tombait jamais au bon moment. Entre les premières ou les défilés de mode, tu avais un emploi du temps très chargé.

— Tu as grandi dans cette maison ?

Lorenzo pouffa.

— Non, je l'ai achetée et rénovée. Par moments j'oublie que tu ne sais presque rien de moi. J'ai grandi dans un splendide *palazzo* vénitien sur le Grand Canal avec mon père.

— Pas de mère ?

— Non, malheureusement elle est morte en me mettant au monde. Elle souffrait d'insuffisance cardiaque. Et je pense que mon père ne m'a jamais pardonné d'être la cause de sa mort. Il m'a souvent dit qu'elle était la seule femme qu'il eût jamais aimée et que je la lui avais enlevée.

— C'est très injuste ! Je veux dire…

— Tu crois que je ne le sais pas ? demanda Lorenzo avec un regard amusé. C'était un homme égocentrique. Ma mère voulait un enfant et elle a pris le risque de tomber enceinte contre l'avis des médecins, mais c'est moi qui en ai été rendu responsable. Je pense que mon père se serait fort bien accommodé de ne pas avoir de fils. Peut-être qu'avec une fille, une facette plus douce de sa personnalité se serait révélée… qui sait ? Il est mort l'année dernière et nous n'avons jamais été proches.

— Comme c'est triste. Je regrette que mes parents n'aient pas vécu assez longtemps pour que tu les rencontres. Tu aurais pu me parler d'eux.

— Ne pas avoir de famille n'a jamais semblé te poser de problème. Je pense que tu étais une solitaire.

— C'est ça qui te fait penser que je ne voulais pas d'enfants ?

Lorenzo poussa un soupir.

— Non, tu avais de multiples raisons. Les effets sur ton corps, les risques pour ta carrière potentielle, les responsabilités qui t'auraient privée de liberté.

Brooke hocha la tête. Message reçu. Avant l'accident elle ne voulait pas entendre parler d'enfants. Apparemment, sa carrière était toute sa vie. C'était surprenant, parce qu'à la clinique elle s'était surprise plus d'une fois à observer les jeunes enfants qui venaient en visite et elle avait toujours trouvé leur présence attendrissante. Mais Lorenzo connaissait mieux qu'elle la femme qu'il avait épousée. Elle pouvait se fier à ce qu'il lui disait, surtout à présent qu'il n'éludait plus les sujets sensibles dans le but de la protéger. Mais qui pourrait lui dire comment affronter une autre elle-même qui lui plaisait de moins en moins ?

— T'ai-je dit que je ne voulais pas d'enfants avant que nous nous mariions ?

— Non. Si je l'avais su, je ne t'aurais pas épousée, mais pour être honnête, tu ne m'as pas menti non plus. Plus tard j'ai pris conscience que tu avais simplement évité de dire quoi que ce soit qui t'aurait engagée.

Un comportement pour le moins sournois, songea-t-elle aussitôt. Plus elle en apprenait sur leur mariage, plus les chances de le sauver du naufrage paraissaient minces…

— Mais pourquoi parlons-nous de ça ? demanda Lorenzo d'un air narquois. La dernière complication dont nous avons besoin aujourd'hui, c'est un enfant.

— C'est vrai, acquiesça-t-elle.

Son amnésie compliquait déjà suffisamment la situation…

— Alors qu'as-tu fait du *palazzo* vénitien dans lequel tu as grandi ? Mais peut-être n'en as-tu pas hérité ?

— Si. Je l'ai transformé en boutique-hôtel de luxe. Je n'y étais pas attaché. Mes souvenirs d'enfance ne sont pas particulièrement heureux.

— Je me demande si les miens le sont.

— Je pense que oui. D'après ce que tu disais, tu étais une fille unique adorée.

Lorenzo referma la main sur les mains de Brooke, qu'elle tordait sur ses genoux sans en avoir conscience.

— Arrête de te tracasser à propos de ce que tu ne sais pas.

— J'ai eu deux flashbacks ! s'entendit-elle déclarer abruptement. M. Selby trouve que c'est très encourageant.

Lorenzo plissa le front, surpris et contrarié. Pourquoi ne lui en avait-elle pas parlé plus tôt ?

— De quoi t'es-tu souvenue ?

— J'ai juste vu une image de moi assise dans une limousine et une autre dans ce café où Milly Taylor travaillait et où j'ai dû aller la voir. Pas très utile ni très intéressant…

— Mais prometteur, commenta sobrement Lorenzo.

Pourquoi la possibilité de la voir bientôt retrouver la mémoire et reprendre sa vie ne le réjouissait-elle pas davantage ? Était-il possible qu'il se sente coupable de souhaiter secrètement que sa vie reprenne son cours normal ?

Dannazione, pourquoi ne s'avouait-il pas la vérité ? Cette version de Brooke était fantastique. Il n'était pas pressé de retrouver la version originale. Actuellement elle était agréable, désirable et étonnamment attachante. Bien sûr qu'il la préférait ainsi. Seul un masochiste regretterait l'ancienne Brooke. Quel mal y avait-il à le reconnaître ?

La femme avec qui il était aujourd'hui n'était ni celle qu'il avait épousée ni celle dont il avait prévu de divorcer.

Brooke regardait par la vitre tandis que la limousine montait une petite route sinueuse bordée d'arbres. Elle écarquilla les yeux quand la route déboucha sur la cour d'une ferme pittoresque perchée au sommet d'une colline. La vue sur la campagne toscane devait être spectaculaire, songea-t-elle avant de déclarer :

— C'est un bel endroit.

— Loin de tout, prévint Lorenzo en descendant de voiture. Tu risques de te sentir isolée ici quand je serai au travail.

— Je pense que je serai très bien, répondit-elle en attendant que le chauffeur ouvre la portière et sorte le sac de transport de Topsy.

Elle libéra le petit animal et accueillit ses démonstrations d'affection frénétiques en riant.

— Je vais pouvoir me promener avec Topsy, m'installer dehors pour lire et peut-être même explorer un peu la région.

— Je n'ai pas prévu de travailler tous les jours, précisa-t-il en souriant. Je préfère que tu n'ailles pas trop loin toute seule, alors pour l'exploration, attends que je sois là. Ce sera beaucoup plus confortable pour toi.

Topsy gambadant autour d'elle, Brooke entra dans la maison et ses yeux se mirent à briller. Elle tendit la main pour effleurer la pierre polie par le temps et chauffée par le soleil.

— J'aime les choses anciennes, dit-elle d'un ton enjoué.

Il resta silencieux. Mieux valait éviter de la contredire et de lui faire remarquer qu'il connaissait mieux ses goûts qu'elle-même. « Elle est en train de se redécouvrir, avait dit le psychiatre. Laissez-lui cette liberté. »

— Quand as-tu acheté cette maison ? demanda-t-elle.

— Bien longtemps avant de te rencontrer. Je voulais

une résidence en Italie et je pensais y venir en vacances, mais pour être franc, j'y ai à peine mis les pieds depuis que la rénovation est terminée.

Elle lui donna un coup de poing dans l'épaule avec un sourire espiègle.

— Tu travailles trop, commenta-t-elle en promenant un regard appréciateur sur le hall austère tout en caressant la rampe du vieil escalier en bois qui conduisait à l'étage. Tu as fait appel à un architecte d'intérieur, n'est-ce pas ?

Elle jeta un coup d'œil dans toutes les pièces donnant sur le hall, admirant la palette subtile de couleurs utilisée pour créer une atmosphère paisible en harmonie avec le mélange de meubles rustiques et de canapés contemporains confortables.

— Comment as-tu deviné ? demanda Lorenzo avec un rire malicieux.

— En tout cas, le résultat est superbe.

Un homme d'un certain âge, très mince, apparut dans le hall et les salua dans un flot d'italien.

— Je te présente Jacopo. Sa femme Sofia et lui s'occupent de la maison, expliqua Lorenzo en prenant la main de Brooke pour l'entraîner vers l'escalier. Quand veux-tu déjeuner ?

— À midi ? Après notre départ à l'aube, je suis affamée.

Lorenzo transmit son souhait à Jacopo puis l'emmena à l'étage.

— Sofia aime avoir un planning. C'est une excellente cuisinière.

— Est-ce qu'il m'arrivait de cuisiner pour toi ?

— Jamais.

Brooke arqua les sourcils avec perplexité.

— C'est curieux. J'aime lire des recettes, ce qui suggère que j'ai dû aimer faire la cuisine à une époque de ma vie.

Ils entrèrent dans une chambre au décor aussi raffiné que celui des pièces du rez-de-chaussée. Elle admira le plafond voûté, puis elle courut ouvrir la porte de la tourelle située dans un coin de la pièce et laissa échapper un petit rire ravi. C'était bien ce qu'elle pensait. Une salle de bains circulaire !

— C'est une maison merveilleuse, Lorenzo. C'était une ruine quand tu l'as trouvée ?

— Une vraie ruine, en effet. J'ai été séduit par la vue et par la cour arrière, qui était envahie par les herbes. Je n'ai pas réellement mesuré les possibilités qu'elle offrait ni ses dimensions. Nous n'avons pas besoin d'une demi-douzaine de chambres.

Elle sortit sur le balcon et constata avec soulagement que la balustrade en fer forgé était assez compacte pour empêcher une petite chienne très curieuse de passer entre les barreaux et de tomber. Parce qu'il fallait être honnête. Topsy n'était pas la chienne la plus intelligente de la planète… Une fois rassurée, elle se laissa envoûter par la vue sur la campagne toscane.

Des traces de brume matinale flottaient encore au-dessus du village fortifié perché sur une colline voisine, ce qui rehaussait comme par magie le vert éclatant des vignes et des vergers qui descendaient vers la vallée. Le jardin était délimité par de grands marronniers dont les feuilles commençaient à roussir, annonçant l'arrivée prochaine de l'automne.

— C'est vraiment splendide, murmura-t-elle avec un petit soupir.

Lorenzo l'enveloppait d'un regard ébloui. Le seul spectacle splendide qu'il avait sous les yeux, c'était elle, avec ses boucles blondes qui ruisselaient sur ses épaules, et sa robe bleue toute simple qui la faisait paraître encore plus féminine et fragile. Transpercé par une flèche de désir, il la rejoignit.

Brooke se laissa aller contre Lorenzo quand il s'immobilisa derrière elle et déposa un baiser sur son épaule.

Une chaleur familière se répandit dans tout son corps, et quand ses lèvres remontèrent dans son cou, elle se pressa contre lui en ronronnant. Il ouvrit la fermeture Éclair de sa robe, puis il traça un sillon de baisers le long de son épine dorsale. Parcourue de longs frissons, elle découvrit des zones érogènes qu'elle ne se connaissait pas. Quand il dégrafa son soutien-gorge, elle fut électrisée. Puis très embarrassée. Avait-elle envie de se retrouver nue sur un balcon, à la vue de tout le monde ? Certes c'était la campagne et la cour était déserte, mais tout de même… Elle pivota dans ses bras.

— Je ne veux pas qu'on me voie…

Devant son regard surpris, elle se mordit la lèvre. Cette inhibition soudaine allait-elle le refroidir ?

— Je veux dire… il y a peut-être des travailleurs dans les vignes ou ailleurs…

À son grand soulagement, il pouffa. Puis il la souleva de terre comme si elle ne pesait rien et la porta jusqu'au lit, sur lequel il l'allongea en même temps qu'il achevait de la débarrasser de son soutien-gorge avec une habileté impressionnante.

— Tu as dû avoir des tas de maîtresses, s'entendit-elle dire.

Elle se maudit aussitôt, le visage en feu. Il la considéra d'un air surpris.

— Un nombre normal, avant notre mariage.

— Et… pas depuis ? Je veux dire… nous étions séparés… et ensuite je suis restée dans le coma pendant plus d'un an.

— Je n'ai pas couché avec une seule femme depuis notre mariage. Rompre mes engagements n'est pas dans mes habitudes.

Elle resta silencieuse. Une telle loyauté était impressionnante. Nul doute que beaucoup d'hommes n'auraient pas les mêmes scrupules en cas de séparation légale. C'était un cadeau précieux supplémentaire, non ? Et une raison d'espérer que tout n'était pas perdu pour leur mariage. Si elle s'écoutait, elle lui dirait de nouveau qu'elle l'aimait. Mais il valait mieux qu'elle ne s'écoute pas. Étant donné qu'elle ne gardait aucun souvenir de leur relation, il trouverait cette déclaration vide de sens.

— Nous devenons trop sérieux, reprit-il avec un sourire éclatant qui avait quelque chose de factice.

— C'est ma faute. Je n'aurais pas dû poser ces questions.

— Tu dois te sentir libre de me dire tout ce que tu veux, affirma-t-il en s'écartant du lit pour fermer la porte, puis enlever sa veste, sa cravate et ses chaussures.

Elle déglutit péniblement. Pourquoi était-elle aussi timide avec lui ? Il fallait qu'elle se raisonne pour ne pas couvrir ses seins. Pourtant elle devrait être habituée à cette intimité. Par ailleurs, cette timidité était en totale contradiction avec tout ce qu'elle avait appris d'elle-même. Les femmes pudiques ne portaient pas des shorts minuscules ni des minijupes. Lorenzo revint vers le lit, nu, musclé, hâlé… sexy. *Très* sexy. À chaque fois qu'elle le regardait, elle ne pouvait pas s'empêcher de s'étonner. Par quel miracle un homme aussi beau, aussi riche et aussi puissant l'avait-il épousée ? Mais par ricochet, une autre question s'imposait. D'où venait ce manque d'estime d'elle-même ? Elle était censée être une femme sûre d'elle et indépendante, bénéficiaire d'un trust et une icône de la mode. L'assurance qui transparaissait sur les photos et dans les coupures de presse qu'elle avait conservées n'avait-elle toujours été qu'une façade ?

— *Dio*… J'ai tellement envie de toi…

Elle sentit ses joues s'enflammer. Oh ! elle ne se sentait pas du tout à la hauteur ! Comme la première fois qu'ils avaient couché ensemble – la première depuis qu'elle était sortie du coma, en tout cas… Pourquoi était elle aussi peu sûre d'elle ? Après tout, ça s'était bien passé, non ?

— Qu'est-ce qui ne va pas ? demanda Lorenzo en scrutant son visage. Et pourquoi es-tu écarlate ?

— Je ne sais pas…

Elle finit d'enlever sa robe, puis elle se débarrassa de ses chaussures avant de se glisser sous les draps, anxieuse de bouger plutôt que de rester immobile sous le regard scrutateur de Lorenzo. Rien ne lui échappait. Or plus il était conscient de son embarras, plus elle était embarrassée…

— Tu rougis ! s'exclama-t-il en pouffant.

— Tu es obligé de le souligner ? Pour moi, être avec toi comme ça est encore tout nouveau. Je sais que c'est stupide mais c'est ainsi.

— Non, ce n'est pas stupide. Excuse ma réaction. J'ai été indélicat.

Lorenzo s'efforçait de masquer sa perplexité. Imaginer que Brooke puisse être embarrassée par quoi que ce soit était toujours aussi difficile. Mais de toute évidence, elle lui disait la vérité. Il la lisait sur son visage. Ce visage autrefois impénétrable… Il la rejoignit sur le lit. Quand était-elle devenue aussi sérieuse ? Et lui, quand avait-il commencé à considérer que cette personnalité temporaire due à l'amnésie était la *vraie* Brooke ? Elle le rendait de nouveau fou, mais de manière très différente. Il était accro à sa future ex-femme comme à une drogue dure. Pour la première fois depuis l'accident, il eut envie de prendre la fuite. Mais Brooke lui prit la main et elle le regarda en souriant. Son esprit se vida instantanément, comme si toutes ces pensées n'avaient jamais existé. La bouche de Brooke se posa sur la sienne, sa langue s'insinua entre ses lèvres. Il fut submergé par la passion qu'il avait été obligé de refréner autrefois dans le lit conjugal. Comment résister à la tentation de s'abandonner à cette passion pour la première fois avec elle ?

La fougue subite de Lorenzo soulagea Brooke. Malgré ses doutes et ses complexes, elle ne l'avait pas refroidi, heureusement… Elle enfonça les doigts dans ses épais cheveux noirs tandis qu'il aspirait entre ses lèvres la pointe frémissante d'un sein. Il la mordilla du bout des dents tout en glissant la main entre ses cuisses, lui arrachant un gémissement étranglé.

— Tu as très envie de moi, murmura-t-il d'une voix rauque en se redressant.

D'un mouvement vif, il la fit mettre à genoux puis il entra en elle d'un coup de reins puissant. Électrisée, elle fut aussitôt emportée dans un tourbillon de sensations d'une intensité inouïe. L'ardeur de Lorenzo semblait sans limites et c'était exaltant. Le plaisir qui montait en elle s'annonçait si démesuré qu'il en était presque effrayant. La violence de l'explosion déclencha un flot de larmes de volupté. Mais Lorenzo n'en resta pas là. Avant d'avoir eu le temps de reprendre son souffle, elle se retrouva au cœur d'une autre tornade qui la laissa sans forces mais comblée au-delà de tout.

Elle s'affaissa sur le lit et il referma les bras sur elle avec un grognement de satisfaction. Puis il la fit pivoter face à lui pour capturer sa bouche dans un baiser langoureux.

— Je ne bougerai plus jamais de ce lit, jura-t-elle d'une voix éteinte.

— L'hélicoptère vient me chercher à 14 heures, mais je serai de retour à 21 heures, annonça-t-il en plongeant un regard étincelant dans le sien. Fais la sieste cet après-midi parce que tu ne dormiras pas beaucoup cette nuit, *cara mia*.

— Des promesses, toujours des promesses, plaisanta-t-elle, merveilleusement détendue. Tu seras peut-être épuisé.

Il écarta des boucles ébouriffées de son front.

— Je ne serai pas trop fatigué pour toi, répliqua-t-il d'une voix rauque en refoulant toutes les pensées qui tentaient de se frayer un chemin dans son esprit.

Vivre l'instant. C'était ce qu'elle faisait, par la force

des choses. S'il n'était pas prêt à se séparer d'elle, il devait en faire autant.

Quatre semaines plus tard, Lorenzo ayant décidé plusieurs fois de prolonger leur séjour, Brooke recula d'un pas pour étudier la table qu'elle avait dressée sur la terrasse. En chantonnant à mi-voix, elle retourna dans la cuisine pour surveiller les marmites sur le feu. Ce soir elle faisait la cuisine parce que Sofia était partie voir sa fille. Cependant, elle n'était pas aussi experte en cuisine qu'elle l'espérait quand elle avait proposé de préparer le dîner. Heureusement, Sofia lui avait donné quelques conseils. Avec un peu de préparation et un peu d'aide préalable en coulisse, elle avait réussi à concocter un repas simple.

Elle jeta un coup d'œil au cardigan que Sofia était en train de tricoter pour son premier petit-fils et qu'elle avait laissé sur le vaisselier. Sans savoir pourquoi il attirait son attention, elle l'étudia de plus près et constata qu'elle connaissait le nom de chaque point utilisé. Il y avait même une erreur qu'elle était capable d'identifier… Une sensation étrange, presque douloureuse, lui fit plisser le front. Elle secoua la tête. Bon, elle savait tricoter. Comme des tas de gens. Elle se frotta le front jusqu'à ce que la sensation s'estompe.

Alors qu'elle se dirigeait vers la terrasse, un vertige l'obligea à s'asseoir précipitamment. Baissant la tête, elle s'appliqua à contrôler sa respiration. Elle devait couver quelque chose. Il y avait déjà plusieurs jours qu'elle avait des nausées épisodiques. Dès leur retour à Londres demain, elle consulterait un médecin. Elle avait dû attraper un virus.

Elle se releva et contempla le patchwork de vignes et de vergers qui s'étendait au-delà du jardin. Dire qu'ils étaient restés un mois entier en Italie… Ce n'était pas prévu au départ, mais le temps avait passé très vite. Lorenzo s'était absenté régulièrement pour ses affaires mais il avait été présent au moins un jour sur deux, partageant son temps entre son travail et des promenades avec elle. Ce séjour paisible lui avait fait le plus grand bien. À sa grande déception, elle n'avait pas eu d'autres flashbacks, mais elle mangeait bien, elle dormait bien et elle était beaucoup plus sereine qu'à Londres. Ce qui était dû en grande partie à l'évolution de sa relation avec Lorenzo. S'il n'avait fait aucune promesse quant au sauvetage de leur mariage, il n'avait pas ménagé ses efforts dans ce sens.

Bien que très sollicité par son travail, il avait trouvé du temps pour elle et lui avait fait visiter la région. Elle avait goûté au vin local sur la Piazza Grande à Montepulciano, elle s'était promenée sous les arbres le long des fortifications à Lucques, elle avait exploré le labyrinthe de galeries et de grottes creusées dans la roche sous la ville de Pitigliano, et elle avait déambulé dans les jardins de la villa Garzoni à Collodi. Ils avaient également dîné plusieurs fois à Florence dans des restaurants fantastiques, mais elle gardait un souvenir encore plus ému du pique-nique dans l'orangeraie en contrebas de la maison, au cours duquel Lorenzo lui avait offert un splendide saphir en pendentif avant de lui faire passionnément l'amour.

Elle ne s'était jamais sentie aussi proche de quelqu'un, et parfois ça lui faisait peur. Leur mariage était précaire, et à tout moment Lorenzo pouvait décider de reprendre la procédure de divorce. Quand elle laissait ses pensées prendre cette direction, son stress faisait un retour en force. Elle s'efforçait donc de vivre au jour le jour. Elle ne disait plus à Lorenzo qu'elle l'aimait. Elle n'osait plus. Si elle avait su qu'ils étaient en instance de divorce, elle ne le lui aurait jamais dit. Elle ne voulait surtout pas qu'il se sente piégé. L'entendre dire qu'elle l'aimait ne pourrait que l'embarrasser.

Lorsque l'hélicoptère atterrit, le premier plat était disposé sur la table. Le cœur battant comme à chaque fois qu'elle le voyait, elle regarda Lorenzo monter la pente, sublime dans son costume gris perle sur mesure, les cheveux en bataille et les yeux brillants.

À la vue de Brooke qui l'attendait, un sourire ravi étira les lèvres de Lorenzo. Ça faisait peut-être de lui un horrible macho, mais il était enchanté que l'univers de sa femme semble centré sur lui. Vêtue d'un jean et d'un débardeur blancs qui mettaient en valeur sa silhouette à la fois mince et sexy, elle était superbe.

— J'ai fait à dîner, annonça-t-elle. Mais il faut que tu t'assoies à table maintenant.

— J'avais l'intention de prendre une douche…

— Impossible… Si tu fais ça, le plat de résistance sera prêt trop tôt et ça gâchera tout.

Il eut un sourire enjôleur.

— Je te propose un marché. Je m'assois à table maintenant, et tu me rejoindras sous la douche tout à l'heure.

— Marché conclu.

Les joues en feu, elle s'assit en face de lui.

— On attaque ! C'est un repas tout simple mais le problème du timing est compliqué.

— Je n'arrive pas à croire que tu as fait la cuisine pour nous, déclara-t-il avec franchise.

— Ce n'est pas de la grande cuisine, mais j'estime que je dois être capable de préparer un repas correct. C'est un minimum.

— Pas trop stressée de rentrer à Londres demain ?

— Je suis un peu triste, répondit-elle en posant sa fourchette pour toucher le saphir qui pendait à son cou. J'aime cet endroit et ce séjour m'a fait un bien fou, mais nous ne pouvons pas vivre éternellement coupés du monde.

— Non, en effet.

Il termina le hors-d'œuvre et repoussa son assiette.

— Mais pourquoi t'es-tu donné tout ce mal pour un repas ? Nous aurions pu dîner dehors. En général c'est ce que je fais quand Sofia n'est pas là.

— C'est notre dernière soirée ici.

Brooke eut un haussement d'épaules qui se voulait désinvolte, puis elle retourna dans la cuisine. Elle vida la casserole, remua la sauce une dernière fois, et servit deux assiettes qu'elle emporta sur la terrasse.

— Ça semble délicieux.

— Attends de goûter.

Lorenzo mangea dans un silence religieux, il sauça son assiette, puis il eut un sourire malicieux.

— C'est décidé. Tu seras de service à la cuisine tous les soirs où je pourrai me passer de toi.

— Et tu penses que ça arrivera souvent ? demanda-t-elle en se levant pour aller chercher le dessert.

— Non, reconnut-il en la suivant dans la cuisine.

Il l'attira contre lui et promena les mains sur son ventre.

— Tu as un autre rôle beaucoup plus important, *cara mia*.

Électrisée par le contact de son sexe durci contre ses fesses, elle creusa les reins pour mieux se presser contre lui. Elle entendit sa respiration s'altérer en même temps qu'il ouvrait le bouton de son jean et glissait la main dans sa culotte.

— Et en quoi consisterait ce rôle ? demanda-t-elle d'une voix étranglée alors qu'il commençait à la caresser.

Il rit doucement.

— Je pense que tu le sais déjà, *gattina mia*.

— Eh bien, il faut que tu choisisses. Moi…

Résistant à la tentation de s'abandonner, elle s'écarta de lui et reboutonna son jean.

— … ou le dessert.

Il la saisit par les épaules et la plaqua de nouveau contre lui.

— Je suis italien… la femme prime sur tout le reste.

— Peut-être que si tu es très très sage, je t'apporterai le dessert au lit…

Pour toute réponse, il la fit pivoter dans ses bras et s'empara de sa bouche avec voracité. Elle s'alanguit contre lui en gémissant et il la souleva de terre.

— Autoritaire ? plaisanta-t-elle, tandis qu'il montait l'escalier.

— Tu adores ça.

Quelques secondes plus tard il la déposa sur le lit, puis il entreprit de la débarrasser de ses vêtements.

— Non, toi d'abord, objecta-t-elle, soudain pleine d'audace.

Elle fit glisser sa veste sur ses épaules, puis elle dénoua sa cravate et déboutonna sa chemise. Tandis qu'il se redressait pour enlever son pantalon, elle se tortilla sur le lit pour enlever le sien. Quand elle releva son débardeur, le frottement du coton contre les pointes hérissées de ses seins la fit frissonner. C'était curieux… Il y avait plusieurs jours que ses seins étaient très sensibles et gonflés. Elle avait d'abord cru que c'était l'imminence de ses règles, mais celles-ci n'étaient pas arrivées. Elle ne les avait pas eues depuis qu'elle avait quitté la clinique. Encore un point à mentionner au médecin quand elle le verrait. Il y avait peut-être un problème avec le stérilet dont lui avait parlé Lorenzo…

Lorenzo dévorait Brooke des yeux. Ses seins étaient de plus en plus somptueux. Elle avait dû prendre du poids… et ce n'était pas lui qui allait s'en plaindre !

— Je brûle de désir pour toi…

— Depuis quand ? Tu m'as réveillée à 6 heures, ce matin…

Il la rejoignit, un sourire gourmand aux lèvres.

— Comme tu le dis, c'était ce matin. Ça fait donc une éternité, *bellezza mia*.

— Est-ce que ce sera toujours comme ça quand nous serons rentrés ?

Brooke venait d'être assaillie par une bouffée d'angoisse. Et si ce séjour n'était qu'une parenthèse enchantée ? Et s'il reprenait ses distances dès leur retour à Londres ?

— Dès notre arrivée, tu déménages dans ma chambre, répliqua-t-il d'un ton catégorique.

Submergée par un immense soulagement, elle eut un sourire malicieux.

— Ah bon ?

— Tu as l'intention d'en discuter ? dit-il d'une voix rauque contre sa bouche.

Elle enfonça les doigts dans ses cheveux avec délectation.

— Non.

Un long moment plus tard elle s'endormit dans ses bras, enveloppée dans une brume de béatitude. Le rêve qui suivit fut d'autant plus effrayant. Elle n'y était pas du tout préparée. Mais de toute façon, rien n'aurait pu la préparer aux images qui jaillirent dans son cerveau et la firent hurler dans le noir à s'abîmer les cordes vocales.

Elle vit l'accident. Elle vit Brooke basculer en avant au moment où elle tendait la main vers elle sans parvenir à la retenir. Elle n'avait pas réussi à sauver sa sœur, sa seule famille ! Une dernière image lui traversa l'esprit. Ses aiguilles à tricoter, parmi des débris de la voiture.

— Tout va bien… tout va bien…, murmura Lorenzo alors qu'elle se balançait sur le lit en sanglotant, le front appuyé contre ses genoux. Tu as fait un cauchemar… Ce n'est qu'un cauchemar. Ce n'est pas réel. Rien n'est réel… *Dio*, tu as crié si fort que j'ai cru qu'on nous attaquait !

Si justement, c'était réel ! Terriblement réel… Milly continuait à se balancer en sanglotant, assommée, bouleversée par le double choc du cauchemar et du retour à la réalité. Elle avait retrouvé la mémoire. Ce qu'elle avait tant désiré était arrivé. Pendant ce cauchemar, elle était redevenue elle-même. Tous les trous qui l'avaient tourmentée pendant des mois étaient désormais comblés. Il ne restait plus de questions sans réponses. Mais au lieu de l'apaisement attendu, la guérison lui apportait de nouvelles angoisses. Sa mémoire retrouvée la plongeait dans un monde encore plus effrayant que celui de l'incertitude.

Milly prit une profonde inspiration et s'essuya les yeux.

Brooke était morte et cette révélation l'affligeait. Certes, lors de leur ultime rencontre, elle avait enfin compris que son affection pour sa demi-sœur était loin d'être partagée. Mais entre accepter l'imperfection de leur relation et accepter la disparition définitive de Brooke, il y avait une grosse différence. Désormais, tout espoir de voir se resserrer leurs liens était anéanti.

Par ailleurs il y avait cette confusion d'identités. Elle avait été prise pour Brooke. Mais rien d'étonnant à cela. Au moment de l'accident, elle portait les vêtements et les bijoux de Brooke. Si leur ressemblance était passée inaperçue, c'était sans aucun doute parce qu'elle avait été blessée au visage. Et Brooke aussi peut-être… Milly étouffa un nouveau sanglot.

Quelle situation impossible !

Lorenzo allait être dévasté. Dire qu'il ne savait même pas qu'il était veuf ! Il avait passé des mois à veiller sur sa femme blessée par devoir, parce qu'elle n'avait personne d'autre que lui. Puis il s'était rapproché d'elle, il avait repris la vie commune avec elle… Sauf que ce n'était pas sa femme.

Lorenzo et elle étaient des étrangers l'un pour l'autre.

Fuyant Lorenzo qui tentait de l'apaiser, elle courut se réfugier dans la salle de bains. Tremblante, les larmes aux yeux, elle fit couler l'eau dans la baignoire dans l'intention d'utiliser cette excuse pour s'isoler. Comme elle s'y attendait, Lorenzo ouvrit la porte quelques secondes plus tard, anxieux de la réconforter. Elle le remercia et lui expliqua qu'elle avait juste besoin de prendre un bain chaud et de rester seule un moment. Il n'insista pas et elle s'installa dans l'eau, de nouveau en larmes. Comment lui dire ? Comment allait-elle lui révéler la vérité ?

Il avait cherché à l'apaiser en lui disant que tout allait bien, que ce n'était qu'un cauchemar. S'il savait… En se réveillant de ce cauchemar elle était entrée dans un autre cauchemar, encore plus effrayant. Elle vivait la vie de sa sœur morte avec un homme qu'elle aimait et qui ne l'aimait pas.

Non, rien n'allait bien. Rien n'irait plus jamais bien.

8.

— Ne me répète pas que tu vas bien, prévint Lorenzo dans la limousine qui traversait Londres. C'est faux et ça se voit. Quelque chose t'a profondément perturbée et il est temps que tu m'en fasses part.

— Nous parlerons quand nous serons arrivés… à la maison, répondit-elle d'une voix mal assurée.

Si seulement elle pouvait retarder éternellement le moment d'être confrontée à l'effarement et à la douleur de Lorenzo ! Il n'avait jamais été à elle. Tout ce qui s'était passé entre eux n'était qu'une illusion. Pendant tout ce temps, il l'avait prise pour Brooke. Chacune de ses paroles, chacune de ses décisions, chacune de ses caresses avait été destinée à Brooke. Dire que c'était elle, Milly, qui l'avait encouragé à l'embrasser puis à coucher avec elle… Brooke haïssait Lorenzo. Elle était convaincue que c'était un tyran possessif qui l'avait injustement accusée d'infidélité afin d'obtenir le divorce.

De toute évidence, au moment de l'accident, leur relation était pleine d'amertume et de ressentiment. Mais vu le soutien que Lorenzo avait apporté après l'accident à celle qu'il croyait être sa femme, Brooke lui aurait sans aucun doute pardonné tous leurs désaccords. Il avait eu une attitude exemplaire. Après tout, il aurait pu se désintéresser d'elle et la laisser à la merci des services de santé et d'un tuteur. Il était au contraire resté fidèle à l'engagement pris le jour du mariage : « Dans la santé et dans la maladie ».

Milly se massa le front. Avec tout ce stress, elle avait encore la migraine. Si seulement il y avait un moyen magique d'éviter ce qui l'attendait... Elle allait devoir partir de chez Lorenzo le plus tôt possible. Malheureusement, elle n'avait nulle part où aller et pas un sou. Pas d'amis proches non plus. Elle avait trop souvent changé d'endroit pour nouer des amitiés durables.

Dommage qu'elle n'ait pas travaillé davantage à l'école... Mais elle avait si souvent changé de famille d'accueil que les problèmes récurrents d'adaptation à une nouvelle école et à un nouveau programme avaient eu raison de son enthousiasme initial pour l'étude. Ces changements permanents l'avaient rendue instable, indisciplinée, et méfiante envers les autres, parce que tôt ou tard tout le monde finissait par se débarrasser d'elle.

C'était sans doute pour ça qu'elle avait offert aveuglément tout son amour et son soutien à Brooke, malgré les vexations que celle-ci lui infligeait. Le lien avec sa demi-sœur avait une telle importance pour elle qu'elle avait été prête à tout pour ne pas le perdre.

Ne s'était-elle pas raccrochée à Lorenzo de la même manière ? N'avait-elle pas été anxieuse de lui offrir son amour alors qu'il ne le recherchait pas ? C'était pathétique d'avoir à ce point besoin d'amour... Mais avait-elle jamais été aimée ?

Sa mère étant morte quand elle avait onze ans, elle ne gardait d'elle qu'un souvenir assez flou. Cependant, Natalia l'avait toujours entourée d'affection. Son père, en revanche, ne lui avait jamais accordé la moindre attention lors de ses visites. Peut-être se montrait-il distant avec elle parce qu'il se sentait coupable de tromper sa femme ? Elle n'aurait jamais su que William Jackson était son père si sa mère ne le lui avait pas dit. Son nom ne figurait pas sur son acte de naissance. Il avait soutenu sa maîtresse financièrement mais il avait refusé de reconnaître sa fille.

— Nous sommes arrivés chez nous, déclara Lorenzo.

Chez *lui*, pas chez elle… Milly déglutit péniblement. Comme beaucoup d'enfants placés, elle avait toujours rêvé d'un foyer stable et permanent. Pas étonnant que pendant son amnésie ce besoin profondément ancré en elle ait resurgi, la poussant à s'accrocher avec l'énergie du désespoir au foyer de Brooke et à son mari.

— J'ai du mal à comprendre comment un cauchemar peut te stresser à ce point, reprit Lorenzo d'un ton impatient en l'entraînant dans le salon et en fermant la porte derrière eux. Vas-tu enfin m'expliquer ce qui se passe ?

Elle prit une profonde inspiration.

— J'ai revécu l'accident. Et j'ai retrouvé la mémoire.

Lorenzo pâlit.

— Juste comme ça ?

— Juste comme ça, affirma-t-elle, le cœur serré. Le problème, c'est qu'en retrouvant la mémoire, je me suis rendu compte que je ne suis pas la femme pour qui tout le monde m'a prise…

— De quoi parles-tu ?

— Je ne suis pas Brooke Tassini, Lorenzo. Je ne suis pas ta femme. Je suis Milly Taylor.

Lorenzo resta un instant immobile, les yeux écarquillés. Puis il se dirigea à grands pas vers la porte en sortant son portable de sa poche.

— C'est impossible.

— Où vas-tu ?

Lorenzo pinça les lèvres. Il était évident que sa femme avait un problème. Une sorte de dépression, peut-être. Comment réagir à une déclaration aussi stupéfiante ? Il n'en avait aucune idée. Mais son psychiatre saurait quoi faire.

— Je téléphone à M. Selby pour que tu puisses discuter de ça avec lui.

— Je ne veux pas voir M. Selby pour l'instant. Il faut d'abord que je mette les choses au clair avec toi. C'est plus important.

— Il n'y a *rien* de plus important que ta santé mentale. Pourquoi ne m'as-tu pas dit tout de suite ce qui t'arrivait ?

— Il fallait d'abord que j'encaisse le choc. Il est très rude pour moi aussi. Quand je pense à tout ce qui s'est passé, ça me rend malade. Je ne sais pas comment tu vas réussir à résoudre tous les problèmes juridiques.

— Quels problèmes juridiques ?

— Brooke… Brooke est morte, Lorenzo. C'est mon décès qui a été constaté mais c'est elle qui est morte. Il va falloir que cette erreur soit rectifiée.

Lorenzo crispa la main sur son téléphone avec une telle force qu'il faillit faire exploser l'écran. Vivait-elle ce qu'on appelait un épisode psychotique ? Elle était pâle et son visage exprimait une détresse immense. Elle croyait réellement ce qu'elle racontait. Elle avait décidé qu'elle n'était pas sa femme mais l'autre passagère de la voiture. Pourquoi, bon sang ?

— Brooke était ma sœur, murmura-t-elle d'une voix tendue.

— Brooke n'a pas de sœur.

— Pas officiellement. Je suis une enfant illégitime. William Jackson a eu une liaison avec ma mère pendant des années et je suis née pendant cette liaison. Il ne m'a jamais reconnue et ne m'a jamais traitée comme sa fille. À l'époque, j'ignorais qu'il était marié et qu'il avait une autre famille. Brooke a retrouvé ma trace et elle est venue me voir par curiosité au moment où j'ai quitté à dix-huit ans le dernier foyer où j'avais été placée. C'était ma demi-sœur…

Lorenzo expira lentement. Il n'avait pas pris de renseignements sur Milly Taylor. Il n'avait pas estimé que son passé pourrait permettre d'établir qui elle était pour sa femme.

— Brooke m'aurait dit qu'elle avait une sœur.

— Elle n'a parlé de moi à personne et elle a toujours pris soin de ne pas être vue en ma compagnie. Mon existence était pour elle une source de… ressentiment. Elle était au courant de la liaison de son père et elle savait que sa mère avait beaucoup souffert de cette situation. Ma mère était morte quand Brooke a pris contact avec moi, mais je soupçonne que toute la rancune qu'elle avait accumulée contre elle s'est dans une certainc mesure reportée sur moi.

— Une demi-sœur ? Mais ça n'explique rien ! Si Brooke ne t'aimait pas, pourquoi te serais-tu trouvée avec elle dans la voiture au moment de l'accident ? Cette histoire n'a aucun sens !

— Je peux tout expliquer, mais il faut que tu essaies de garder ton calme.

— Je suis tout à fait capable de garder mon calme, mais je ne crois pas que tu sois en mesure d'expliquer cette histoire absurde. Et je ne pense pas non plus qu'en discuter comme si c'était la réalité soit bon pour toi.

Sous le regard noir de Lorenzo, Milly déglutit péniblement.

— Brooke m'a utilisée comme doublure à plusieurs reprises. Nous nous ressemblions beaucoup, surtout après l'intervention de chirurgie esthétique qui a modifié mon nez. Au départ je ne voulais pas me faire opérer, mais quand j'ai refusé Brooke m'a laissée tomber. J'étais tellement anxieuse de préserver notre relation qu'après plusieurs mois sans nouvelles, j'ai fini par accepter. C'est elle qui a payé tous les frais.

— Vous vous ressembliez ? Quel était le problème avec ton nez ?

— Il était légèrement déformé. Personne n'aurait pu me prendre pour elle si je n'avais pas été opérée. Elle m'a utilisée deux ou trois fois pour la remplacer à des galas de charité où je n'avais pas grand-chose à dire. Je ne suis pas actrice. Quand elle n'avait pas envie d'assister à un événement ou quand elle voulait échapper aux paparazzis pour que personne ne sache où elle était, elle me téléphonait et me demandait de la remplacer. Elle me prêtait ses bijoux et ses vêtements.

Le regard de plus en plus noir, Lorenzo s'exclama :

— Tu es en train de me dire que tu aidais Brooke à tromper tout le monde, y compris moi ?

Elle se hérissa.

— Ce n'est pas comme ça que je voyais les choses et tu n'as jamais été visé. J'aidais juste ma sœur. Je lui simplifiais la vie quand son emploi du temps était trop chargé ou quand elle avait envie d'échapper aux contraintes de la célébrité.

— Vous trompiez tout le monde, insista Lorenzo d'un ton glacial. Si cette histoire à dormir debout est vraie, dis-moi où vous alliez le jour de l'accident.

Milly baissa les yeux.

— Je devais rester plusieurs jours dans une chambre d'hôtel en me faisant passer pour Brooke, pendant qu'elle partait en vacances quelque part en avion avec mon passeport. Mais bien sûr, nous ne sommes jamais arrivées à l'hôtel ni à l'aéroport…

— Elle voulait voyager avec ton passeport ? Mais c'est illégal ! Où allait-elle ?

— Je ne sais pas. Elle ne me l'a pas dit. Parfois elle me faisait des confidences, parfois elle ne me disait rien. Ça dépendait de son humeur.

Ça, c'était une description parfaitement exacte du caractère imprévisible de Brooke, reconnut Lorenzo à contrecœur. Contre toute logique, il commençait à écouter avec attention ce qu'il entendait. Et peu à peu, il entrevoyait une version des événements qui pourrait ne pas être si invraisemblable. Il était tout à fait possible de vérifier si Milly Taylor ne s'était pas présentée à l'embarquement de son vol ce jour-là. Et de faire des recherches permettant d'établir s'il y avait bien un lien de parenté entre elle et Brooke.

Milly considérait Lorenzo avec perplexité. Il semblait étrangement détaché. Comme s'il s'en tenait à la véracité des faits, en évitant de contempler toutes leurs implications sur leur situation présente.

— Voilà ce que je faisais dans la limousine avec elle ce jour-là, poursuivit-elle d'une voix morne. Brooke m'a donné les vêtements qu'elle portait, et je les ai mis pendant qu'elle se changeait. D'où la confusion d'identités, je suppose.

— Vous étiez méconnaissables, déclara-t-il crûment en détournant les yeux comme s'il ne supportait plus de la regarder. Donc, tu me dis que ma femme est morte. Qu'elle est morte il y a dix-huit mois dans l'accident.

— Je suis désolée. Je suis vraiment désolée pour tout ce qui s'est passé ! Si je n'avais pas souffert d'amnésie, j'aurais pu m'identifier et tu aurais su la vérité tout de suite…

Lorenzo expira lentement et passa la main dans ses cheveux, visiblement ébranlé.

— Brooke n'est plus…

— Oui, murmura Milly, les yeux noyés de larmes. Tu me crois maintenant ?

— Il faut d'abord que je prenne le temps de vérifier tous les détails que tu viens de me donner.

Le cœur serré, elle se sentit rejetée. Elle était mise sur la touche pendant qu'il se forgeait une opinion sur son cas. Subitement, tout avait changé entre eux. Lui-même était en train de changer sous ses yeux. C'était comme si leur relation n'avait jamais existé. Mais n'était-ce pas le cas ? Cette relation n'avait été qu'une illusion née de la conclusion erronée que Brooke était vivante. Lorenzo était sous le choc. Il s'efforçait de se faire à l'idée que sa femme était morte. C'était tout ce qui comptait pour lui à cet instant. Il semblait si tendu…

C'était égoïste de sa part de se sentir rejetée, alors qu'il ne lui devait rien. Elle n'était rien pour lui. Tout ce qu'il avait fait pour elle, il l'avait fait en réalité pour Brooke. De son point de vue, Milly n'existait pas vraiment. Et à présent qu'il savait qui elle était, il ne la toucherait plus jamais. Il ne la regarderait plus jamais de la même manière. Il fallait qu'elle l'admette et qu'elle redescende sur terre. Ce qui s'annonçait très difficile… Avec Lorenzo, elle avait vécu une vie de conte de fées. Une serveuse d'origine modeste soudain projetée dans l'univers d'un milliardaire, où le luxe faisait partie du quotidien avec jets privés, demeures somptueuses, employés de maison… Oui, un conte de fées dans une bulle de confort et de privilèges qui dépassait tout ce qu'elle aurait pu imaginer. Mais ce n'était pas tout ce luxe qui allait lui manquait. C'était Lorenzo.

Lorenzo qu'elle aimait éperdument, qui ne voulait plus d'elle, qui ne voudrait plus jamais d'elle… Elle eut l'impression que son cœur se fendait en deux. Redressant les épaules, elle pinça les lèvres. Pas question de montrer la moindre émotion. Lorenzo n'avait pas besoin de ce stress supplémentaire. Il n'avait sans doute aucune envie de se rappeler qu'il avait fait l'amour avec elle en la prenant pour sa femme. Non, plus vite elle sortirait de sa vie, mieux ça vaudrait pour lui.

Lorenzo se remémora tout ce qui s'était passé les mois précédents. Comment avait-il pu se laisser influencer par l'avis des médecins au point de négliger tous les doutes qu'il avait eus sur la femme qui vivait à ses côtés ? Depuis l'instant où elle était sortie du coma, son instinct et son intelligence lui avaient envoyé des signaux permanents indiquant que Brooke avait subi une métamorphose dépassant toute imagination. Mais bien sûr, il ne lui avait jamais effleuré l'esprit que la convalescente sortie du coma pouvait être quelqu'un d'autre que sa femme.

Dio mio, elle avait été identifiée comme son épouse sur le lieu de l'accident et elle lui avait été présentée comme telle quand on lui avait remis ses bijoux avant l'intervention. L'idée d'une confusion d'identités n'avait jamais effleuré l'esprit de personne. Pour la bonne raison que personne n'avait eu conscience de la ressemblance entre les deux femmes. Ni de leur lien de parenté. Nul doute que si Brooke avait pris contact avec sa demi-sœur, c'était uniquement à cause de cette ressemblance qui pouvait lui être utile. Et Milly était entrée dans son jeu. Elle avait accepté de duper tout le monde en jouant les doublures. Cette idée était détestable… Crispant la mâchoire, il foudroya Milly du regard.

— Je vais partir d'ici dès que possible, marmonna-t elle aussitôt.

Il arqua un sourcil méprisant.

— Où comptes-tu aller ? Dans les bureaux d'un tabloïd pour vendre l'histoire du siècle contre une petite fortune ?

Atterrée qu'il puisse avoir de tels soupçons, elle sentit le sang se retirer de son visage.

— Bien sûr que non ! Je ne te ferais jamais ça ! Et je ne me l'infligerais pas à moi-même non plus, d'ailleurs.

— Même pour l'argent ? insista Lorenzo, dubitatif.

La plus grande confusion régnait dans son esprit. Il avait encore du mal à admettre ce qu'il venait d'apprendre. Il avait du mal à penser à tout ce qu'il avait vécu avec la femme qu'il avait prise pour son épouse et à accepter qu'elle était en réalité une autre femme. Et une inconnue, lui rappela sa raison. Une parfaite inconnue… Il allait avoir besoin de temps pour accepter ce qu'il venait d'apprendre.

Milly était au comble de la consternation. Dire que cette nuit encore, Lorenzo lui avait fait l'amour avec passion puis l'avait serrée tendrement contre lui, comme s'il tenait à elle…

— Non. Pas même pour l'argent, affirma-t-elle, le cœur lourd.

Lorenzo se détourna brusquement, comme s'il ne supportait plus de la regarder.

— Fais tes bagages, intima-t-il.

Il fallait qu'elle quitte immédiatement son toit s'il voulait éviter un scandale sordide.

— J'ai un appartement vide. Autant que tu t'y installes. Une fois que j'aurai vérifié les informations que tu m'as communiquées et que j'aurai consulté mes avocats, nous réglerons la situation.

« Fais tes bagages » ?

Sous la violence du choc, Milly fut prise de vertige. Bien sûr, il avait hâte d'être débarrassé d'elle. Elle l'avait prévu. Et pourtant, elle n'arrivait pas à croire qu'il la mette dehors aussi rapidement…

— Je n'ai aucun bagage à faire, répliqua-t-elle en s'efforçant de maîtriser le tremblement de sa voix. Rien ne m'appartient ici.

Même ses vêtements, c'était lui qui les avait payés…

— Ne sois pas ridicule ! s'exclama-t-il d'un ton impatient. *Tout* ce que tu as porté, *tout* ce dont tu t'es servie est à toi. Brooke n'est plus là et elle ne reviendra pas.

Elle hocha la tête et se leva précipitamment. La tête lui tournait toujours et elle avait la nausée… Elle tenait à peine sur ses jambes, mais pas question de le montrer. Lorenzo la mettait peut-être dehors mais elle n'allait pas jouer les victimes. Elle avait été suffisamment faible et vulnérable pendant tout le temps où elle était restée hospitalisée.

Alors qu'elle ouvrait la porte, Topsy se jeta sur elle en remuant la queue.

— Tu peux la prendre avec toi, murmura Lorenzo. Elle s'est habituée à toi. Ce serait cruel de vous séparer.

Mais apparemment, ce n'était pas cruel de jeter dehors sa fausse épouse aussi rapidement... Réprimant une moue amère, Milly monta l'escalier avec raideur en luttant à nouveau contre le vertige. Toujours ce stupide virus dont elle n'arrivait pas à se débarrasser... Dès qu'elle serait installée, elle irait voir un médecin. À peine arrivée dans la chambre, elle eut une nausée qui la précipita dans la salle de bains.

Quelques minutes plus tard, après s'être lavé les dents, elle regagna la chambre et commença à faire ses bagages avec des gestes mécaniques. Elle enleva les bagues, la montre incrustée de diamants ainsi que le pendentif de saphir et les posa sur la coiffeuse. Ces bijoux n'étaient pas à elle. Du moins c'étaient des cadeaux qui ne lui avaient pas été réellement destinés.

Elle avait l'impression que sa vie était terminée, mais en réalité, c'était juste le début d'une nouvelle étape, se dit-elle pour tenter de se réconforter. Être blessée que Lorenzo la mette à la porte était stupide. Il avait besoin d'être seul pour pleurer Brooke et s'habituer à l'idée que l'épouse sur laquelle il avait cru veiller pendant qu'elle était dans le coma n'avait pas survécu.

Les valises furent rangées dans le coffre de la limousine et Milly monta sur la banquette en serrant Topsy contre elle pour se réconforter. Lorenzo sortit au dernier moment de la maison, le visage fermé, et il ne lui adressa pratiquement pas la parole de tout le trajet.

C'était un appartement somptueux avec ascenseur

privé. Milly promena son regard sur les meubles d'une blancheur immaculée et déglutit péniblement.

— Je l'avais fait décorer pour Brooke, déclara Lorenzo. Il lui plaisait.

— Il est spectaculaire, répliqua-t-elle avec raideur.

Elle avait envie qu'il s'en aille pour ne plus être obligée de faire bonne figure, et en même temps elle redoutait le moment de son départ. Dans combien de temps le reverrait-elle ?

— Il est à toi, à présent. Tu peux changer la décoration, si tu veux… à mes frais, ajouta-t-il d'un ton impatient devant son air surpris. Il finira de toute façon par t'appartenir légalement.

Abasourdie, elle ouvrit de grands yeux.

— Comment serait-ce possible ?

— Je l'ai cédé à Brooke avant l'accident, et selon mes avocats, tout ce qui lui a appartenu te reviendra probablement parce que j'ai refusé d'hériter. Je ne veux rien qui lui ait appartenu. Bien sûr, il faudra des semaines, sinon des mois, pour résoudre tous les problèmes juridiques posés par la confusion d'identités et débloquer ses avoirs. D'ici là, je ferai en sorte que tu n'aies pas de problèmes financiers. C'est un appartement avec services. Le réfrigérateur devrait être plein.

— Je ne veux pas de ton argent, murmura-t-elle.

Quelle idiote ! songea-t-elle aussitôt. Faire une telle déclaration au milieu d'un appartement qu'il avait acheté, avec sur le dos des vêtements qu'il avait payés, était absurde. Mais savoir qu'il avait consulté ses avocats avant même qu'elle soit partie de chez lui… C'était glaçant.

— De toute façon, je ne te laisserai pas sans ressources. Ce serait impardonnable. Tu n'as rien fait de mal. En acceptant de jouer les doublures pour Brooke, tu as contribué involontairement à la confusion d'identités, mais ta vie a été aussi bouleversée que la mienne par ce qui s'est passé. C'est ma responsabilité de prendre les mesures nécessaires pour que tu ne souffres pas de cette situation.

Milly serra les dents. Elle souffrait déjà, et elle n'avait aucune envie d'entendre qu'il la considérait toujours comme étant sous sa responsabilité. Pas au moment où il se débarrassait d'elle comme d'une vieille paire de chaussures. Elle eut un nouveau haut-le-cœur et croisa les bras. Gardant le silence, elle le contempla à travers ses cils. Malgré son regard froid, il était toujours aussi séduisant… Mais elle ne devrait pas avoir ce genre de pensées. Elle ne devrait pas désirer le mari de sa sœur.

Mieux valait s'occuper l'esprit en se demandant ce que lui avaient conseillé ses chers avocats. De prendre des gants avec elle ? De ne lui donner aucune raison de se plaindre pour éviter qu'elle soit tentée de vendre son histoire à la presse ? Après tout ce qu'ils avaient partagé, comment pouvait-il la croire capable de le trahir de cette manière ? Mais qu'importait ce qu'il pensait d'elle, à présent que tout était terminé.

Topsy sur les genoux, elle resta assise pendant longtemps après le départ de Lorenzo. Il fallait qu'elle fasse des projets pour sa nouvelle vie. Elle n'avait aucune envie de reprendre un emploi de serveuse. Vivre la vie de Brooke l'avait rendue plus ambitieuse, tout comme le long combat pour se remettre de l'accident et vivre avec l'amnésie l'avait rendue plus forte. Elle allait réfléchir à d'autres métiers et voir si elle pouvait entreprendre une formation. Ce serait un bon début.

Elle avait peut-être l'impression qu'après avoir perdu sa sœur puis Lorenzo elle avait un trou béant dans la poitrine, mais elle ne pouvait pas se permettre de s'attarder sur ce sentiment. Elle ne s'en relèverait pas.

Pour l'instant elle était au plus bas, mais à partir de maintenant, sa vie ne pouvait que s'améliorer…

9.

Le mois qui suivit fut interminable.

Milly n'eut aucun contact avec Lorenzo. En revanche, elle reçut plusieurs visites de ses avocats. À leur demande, elle rédigea des déclarations sous serment, elle signa des documents, et elle accepta de se soumettre à un test ADN. Ils la tinrent régulièrement informée de sa situation au regard de la loi, ainsi que des étapes successives de la procédure. Ce qui lui permit de constater que la lenteur de la justice n'était pas une fable. Malgré tout, le jour des funérailles de Brooke finit par arriver.

Le cirque médiatique déclenché par l'annonce de la mort de Brooke et de la confusion d'identités avec sa demi-sœur avait pris fin avec une rapidité surprenante. D'une part parce que Brooke n'était plus sous les projecteurs depuis longtemps, et d'autre part parce que aucun journaliste n'avait été en mesure d'identifier sa demi-sœur.

Milly avait mené une vie très calme, occupant ses journées à parcourir des kilomètres dans les rues de Londres avec Topsy, tout en tentant d'effacer de sa mémoire les souvenirs de sa vie avec Lorenzo. À quoi bon revenir sur une relation qui n'aurait jamais dû exister ? se répétait-elle sans cesse. Lorenzo n'était pas à elle, il n'avait jamais été à elle et il ne serait plus jamais à elle.

Cependant, malgré sa souffrance, vint un jour où il

lui devint impossible de fermer les yeux plus longtemps. Elle était enceinte de Lorenzo. À la confirmation de cette nouvelle, elle fut submergée par une joie indicible teintée d'un sentiment de culpabilité qui ne parvint pas à la gâcher. Après avoir ignoré ses symptômes pendant longtemps, elle avait fini par consulter un médecin qui lui confirma ce qu'elle avait déjà appris en faisant un test chez elle.

Cette grossesse n'avait rien de surprenant. Elle avait fait l'amour avec Lorenzo un nombre incalculable de fois sans prendre la moindre précaution, puisqu'elle était censée être Brooke et que Brooke avait un stérilet. Nul doute qu'il allait être très contrarié par cette nouvelle. Parce qu'elle allait bien être obligée de le lui dire un jour ou l'autre. Comment pourrait-elle le lui cacher ? Il avait le droit de connaître son enfant, même si la femme qui le portait n'était pas celle qu'il aurait choisie pour ce rôle.

Et de toute façon, même quand il la prenait pour Brooke, il avait dit : « La dernière complication dont nous avons besoin aujourd'hui c'est un enfant. »

Heureusement, elle n'était plus celle qu'elle était le jour de l'accident. Sa convalescence, puis sa vie avec l'amnésie dans un mariage chaotique lui avaient appris qu'elle était beaucoup plus forte qu'elle ne le croyait, physiquement et mentalement. Elle était heureuse d'être enceinte et pleine d'enthousiasme pour l'avenir. Lorenzo pouvait la faire souffrir, mais il ne la briserait pas.

C'était ce que se disait Milly tout en se préparant pour les funérailles de sa sœur. Une fois habillée, elle cacha ses cheveux sous un chapeau. Il fallait faire en sorte de passer inaperçue afin que personne ne puisse remarquer sa ressemblance avec Brooke. Les avocats lui avaient assuré que personne ne s'attendait à ce qu'elle soit présente. Par « personne », elle avait compris « Lorenzo », et elle avait rétorqué qu'elle assisterait bien entendu aux nouvelles funérailles de sa sœur.

Une voiture passa la prendre à 10 heures. L'église était presque vide, peu de gens s'étant déplacés, aussi longtemps après le décès de Brooke. En revanche les paparazzis étaient postés en nombre devant l'entrée, examinant attentivement tous les arrivants à la recherche de la demi-sœur dont ils avaient entendu parler sans jamais réussir à l'identifier. Tête baissée, enveloppée dans un manteau noir délibérément démodé, Milly prit place sur un banc à l'arrière de l'église. Elle suivit le service en s'efforçant de ne pas fixer la nuque de Lorenzo.

Comment pourrait-elle penser à lui comme étant le père de son bébé alors qu'il lui était impossible d'échanger un seul mot avec lui pendant les funérailles, de crainte que quelqu'un les prenne en photo ensemble ? Devant la tombe, les larmes aux yeux pour la sœur disparue et l'affection qu'elle n'avait jamais réussi à susciter chez elle, elle jeta un coup d'œil furtif à Lorenzo. Il la salua d'un bref hochement de tête. Son visage était plus dur et il avait perdu du poids. Mais elle aussi en avait perdu. Elle souffrait de nausées une bonne partie de la journée et devait faire un effort pour penser à manger. En général, elle s'efforçait de le faire en même temps que Topsy.

Lorenzo observait Milly. Il n'avait pas souhaité qu'elle assiste aux funérailles. Il s'était dit qu'il fallait éviter qu'elle se montre, il s'était répété encore et encore que c'était la solution la plus raisonnable. Mais elle était là, perdue dans les plis d'un manteau ample, sa chevelure spectaculaire dissimulée sous un chapeau mou, son visage délicat masqué en partie par le bord de ce dernier. À peine reconnaissable. Elle paraissait plus mince, plus jeune. Mais rien d'étonnant à ce qu'elle paraisse plus jeune. Elle *était* plus jeune que Brooke de plusieurs années. Elle n'aurait que vingt-trois ans à son prochain anniversaire. Il crispa la mâchoire. C'était terminé, *enfin* terminé, l'histoire détestable de son mariage avec Brooke. Affaire classée. Il s'efforça de refouler les souvenirs de son séjour en Italie avec Milly. Les longues journées enchantées, l'odeur et le goût de sa peau, le son de son rire et la spontanéité de son sourire.

S'appesantir sur le passé ne lui apporterait rien de bon. Il avait épousé Brooke et ce mariage avait été un désastre, du début à la fin. Milly était la demi-sœur de Brooke et en acceptant de se faire passer pour celle-ci, elle avait sciemment contribué à duper des gens innocents. De toute évidence, elle n'avait rien trouvé à redire à ce genre de mystification. En d'autres termes, elle partageait avec Brooke la même tendance à la malhonnêteté. Elle pourrait cependant s'améliorer s'il la conseillait. Après tout, personne n'était parfait. Et après l'épreuve de son mariage avec Brooke, il n'était pas parfait non plus. Il avait beaucoup de mal à faire de nouveau confiance à une femme. Il avait eu besoin de prendre du recul pour se remettre du choc qu'il avait reçu en découvrant qu'il avait vécu pendant plus d'un an aux côtés d'une inconnue.

Malgré tous les efforts de Lorenzo, des souvenirs de Milly l'assaillaient sans cesse. Milly cuisinant pour lui, Milly soupirant dans ses bras, Milly lui donnant du plaisir... Jamais il n'avait connu un plaisir aussi inouï avant elle. Il serra les dents. Pour l'instant il fallait continuer à garder ses distances, au cas où les paparazzis s'exciteraient de nouveau sur la demi-sœur de Brooke. Avec un peu de chance, leur curiosité s'émousserait rapidement. Mais s'ils identifiaient Milly et s'ils découvraient un lien entre eux, ils se déchaîneraient contre elle avec des insinuations plus sordides les unes que les autres. Ils lui infligeraient des blessures qu'elle ne méritait pas.

Quand le pasteur eut terminé, Milly regarda Lorenzo tourner les talons et s'éloigner, la démarche raide et le dos encore plus raide sous son manteau en cachemire noir. Et soudain, la colère la submergea. Il restait encore une foule de non-dits entre eux et elle n'avait même pas son numéro de téléphone ! Quel crime avait-elle commis pour qu'il se comporte comme si elle n'existait pas ? Et puis il fallait qu'elle lui parle du bébé. Elle n'avait pas le choix. Il était hors de question qu'elle lui annonce la nouvelle par l'intermédiaire de ses avocats ! Il fallait qu'il écoute ce qu'elle avait à lui dire. Il lui devait bien ça, non ?

— Lorenzo ! cria-t-elle en courant après lui, les joues en feu.

Il s'immobilisa et se retourna.

— J'ai quelque chose à te dire. Tu penses que tu pourrais passer ce soir ?

— Demain soir, si c'est vraiment nécessaire, répondit-il en dardant sur elle un regard étincelant qui lui donna la chair de poule.

— C'est *vraiment* nécessaire. Je ne demanderais pas à te voir si je n'avais pas une bonne raison.

— Vers 20 heures, alors. Tu es certaine que ce n'est pas quelque chose dont mes avocats pourraient s'occuper ?

— Non, c'est trop personnel.

— Nous en discuterons en dînant. Je passerai te prendre à 20 heures.

Lorenzo se dirigea à grands pas vers sa limousine, furieux d'avoir reçu une décharge d'adrénaline et d'attendre déjà le lendemain avec impatience. Ça faisait des semaines qu'il luttait pour garder ses distances avec elle, et elle venait de réduire tous ses efforts à néant ! Il lui avait suffi de le regarder avec ses grands yeux violets… Bien sûr, il était capable de dîner avec elle et de garder son sang froid ! Puis de rentrer chez lui tout seul. Qu'est-ce qui était trop personnel ? De quoi pouvait-elle bien parler ? Il détestait aller à un rendez-vous sans en connaître précisément l'objet à l'avance.

Cependant, il fallait reconnaître qu'il n'avait rien à lui reprocher depuis qu'elle avait déménagé. Elle ne lui avait jamais rien demandé et elle n'était pas allée trouver la presse. Elle n'avait pas tenté de le joindre, elle ne s'était pas accrochée, bref, elle avait fait exactement ce qu'il attendait d'elle. Tout était fini entre eux. Sauf qu'il ne lui avait pas fallu plus d'une journée pour prendre conscience que l'absence de Milly était la dernière chose au monde qu'il souhaitait.

Il eut un pincement au cœur. Elle était squelettique et ça le rendait malade. Son visage délicat était devenu maigre et ses chevilles semblaient trop fragiles pour la porter. Mangeait-elle correctement ? Faisait-elle attention à elle ? Ce dîner était une excellente idée. Il aurait tout le temps de l'observer discrètement. Et au diable les paparazzis !

10.

Le lendemain, Milly rangea l'appartement. Elle avait mal dormi, hantée par le souvenir de sa sœur et le regret de ne pas avoir eu plus de temps pour tenter de se rapprocher d'elle.

En fin d'après-midi, elle emmena Topsy en promenade puis elle la fit sortir sur la terrasse, où elle aimait gambader entre les plantes en pot. Ensuite elle se rendit dans la salle de bains pour prendre une douche. Mais pas question de se pomponner parce que Lorenzo l'emmenait au restaurant, se dit-elle avec fermeté. Ce n'était pas un rendez-vous amoureux ! Elle allait mettre un jean et un pull pour qu'il comprenne bien qu'elle n'espérait rien du tout.

Après la douche, elle enfila son jean le plus chic et un haut très sobre, mais elle eut toutes les peines du monde à fermer le jean. Sa silhouette se transformait inexorablement. Elle avait minci au cours du dernier mois, mais ça n'empêchait pas ses seins d'être plus gros qu'avant, sa taille moins fine et son ventre plus rond. Elle s'examina dans la glace en grimaçant. Ce jean était vraiment trop serré… et trop inconfortable. Acheter des vêtements de grossesse devenait urgent.

Cinq minutes plus tard, elle se débarrassa du jean et du haut pour mettre une robe. La belle robe rouge qu'elle avait achetée quand elle vivait avec Lorenzo.

Malheureusement, elle était devenue beaucoup trop juste au niveau de la poitrine… Elle sortit l'intégralité de sa garde-robe et essaya fiévreusement toutes ses tenues les unes après les autres jusqu'à ce qu'elle trouve une robe d'une coupe plus ample que les autres, dans laquelle elle était à peu près présentable. Même s'il pouvait paraître bizarre de porter une robe bain de soleil à l'approche de l'hiver… Peu importait. Lorenzo ne remarquerait sans doute même pas sa tenue. Au cimetière il l'avait à peine regardée, après tout. Et une fois qu'elle lui aurait parlé du bébé, son esprit serait accaparé par des choses bien plus importantes.

Tout à coup, le stress et l'angoisse menacèrent de la faire craquer. La découverte de sa grossesse l'avait obligée à renoncer à son projet d'entreprendre une formation tout en travaillant. Il y avait tellement de choses qu'elle ne pourrait pas faire avec un enfant à charge… Elle avait prévu de déménager pour rompre le dernier lien qui l'attachait à Lorenzo, mais comment l'envisager à présent qu'elle avait besoin d'un toit pendant sa grossesse ?

Les avocats lui avaient assuré qu'en tant que demi-sœur de Brooke, elle hériterait de ses biens parce que Lorenzo avait refusé l'héritage. Mais elle soupçonnait que Brooke n'aurait pas souhaité qu'elle bénéficie de son trust parce qu'elle n'avait jamais eu d'affection pour elle. Elle estimait ne pas avoir droit à cet héritage, mais d'un autre côté, comment le refuser alors qu'elle attendait un enfant et qu'elle n'avait aucun moyen de subsistance ? Accepter une aide supplémentaire de Lorenzo était hors de question. Elle vivait à ses crochets depuis trop longtemps. Bébé ou pas, elle n'avait pas l'intention de continuer éternellement !

Lorenzo quitta la banque tard et se rendit directement à l'appartement. Ce mot déstabilisant, « personnel », s'était incrusté dans son esprit toute la journée. Pensait-elle toujours qu'elle l'aimait ? Elle n'avait plus jamais parlé d'amour après lui avoir fait cet aveu sans recevoir le même en retour. À l'époque il avait été soulagé par ce silence, parce qu'il prévoyait toujours de divorcer. Il n'avait jamais douté qu'ils finiraient par divorcer. En découvrant que Brooke était en réalité Milly, il avait simplement retrouvé sa liberté plus tôt que prévu.

« Le scénario rêvé », avait commenté son principal avocat d'un air réjoui. Il avait eu envie de le cogner… Pour lui, le mois qui venait de s'écouler n'avait rien eu d'un rêve.

Milly ouvrit la porte au comble de la nervosité. Comment allait-elle annoncer la nouvelle ? Lorenzo n'était pas préparé. Et pourtant, ne devrait-il pas être conscient des risques qu'il avait pris avec elle depuis l'instant où il avait appris qu'elle n'était pas Brooke ? À moins que ce problème de contraception lui ait échappé ? Sans doute. Après tout, elle n'y avait pas pensé tout de suite non plus.

La barbe naissante qui recouvrait sa mâchoire ajoutait à son charme dévastateur, tout en lui donnant un air plus dur.

— Je ne vois pas ce que tu pourrais avoir à me dire de personnel, déclara-t-il sans préambule.

— Crois-moi, c'est très personnel pour toi comme pour moi, rétorqua-t-elle, agacée par son attitude distante. Sinon je ne t'aurais pas demandé de venir.

Lorenzo promena sur Milly un regard scrutateur. Cette robe bleue et blanche, il s'en souvenait. Il s'en souvenait même très bien… Il la revoyait toute chiffonnée par terre dans la chambre. Il revoyait les courbes délicieuses qui lui étaient apparues quand il l'avait fait tomber à ses pieds. Il se souvenait d'une autre fois où il la lui avait enlevée, pendant un pique-nique, après l'avoir convaincue qu'ils seraient à l'abri des regards sous les arbres… Transpercé par une flèche de désir, il serra les dents.

— Allons dîner, dit-il d'une voix rauque.

Avant que je t'arrache cette robe.

— Nous discuterons à table.

Il la regarda jeter sur ses épaules une étole de cachemire bleu. Il se souvenait la lui avoir achetée un soir à Florence après l'avoir vue frissonner. Décidément, il semblait avoir une mémoire photographique de tout ce qu'elle avait porté et de tout ce qu'il lui avait enlevé…

La limousine ne roula pas très longtemps avant de s'arrêter devant un petit bistro, où on les conduisit dès leur arrivée jusqu'à un box faiblement éclairé.

À peine assis, Lorenzo déclara :

— J'ai quelque chose à dire avant tout.

— Je t'écoute, répliqua Milly en ouvrant son menu.

— Quand tu as retrouvé la mémoire, nous avons eu besoin de faire une pause chacun de notre côté pendant quelque temps. Toi, pour te remettre de tout ce qui s'était passé. Moi, pour accepter que Brooke était morte et prendre les mesures appropriées. Ça m'aurait été impossible si tu étais restée chez moi. Par ailleurs, je tenais à laisser la presse dans l'ignorance de notre relation.

— Oui. Mais peut-être qu'aujourd'hui tu peux reconnaître que je n'ai pas l'intention de faire des confidences à la presse ni de te mettre dans une situation embarrassante de quelque manière que ce soit ?

— Si tu n'avais pas soif de publicité, pourquoi acceptais-tu de jouer à te faire passer pour Brooke et de duper les gens ?

Milly sentit ses joues s'enflammer. De toute évidence, il désapprouvait sa conduite. Jusque-là elle n'en avait pas eu conscience…

— Je n'avais pas soif de publicité, mais c'était excitant pour moi de porter ses tenues chics et d'être accueillie par les gens comme si j'étais quelqu'un pour la première fois de ma vie, répondit-elle, mortifiée d'avoir à faire un aveu aussi humiliant. Ceci dit, si j'acceptais, c'était avant tout pour lui faire plaisir et pour l'aider. Ça me donnait l'impression d'être utile et je croyais sincèrement qu'elle m'apprécierait davantage.

Déconcerté par cette franchise, Lorenzo arqua les sourcils.

— Dans ce cas, tu étais très naïve. Brooke n'aimait pas les autres femmes. Elle les considérait comme des rivales et elle ne leur faisait pas confiance. Te payait-elle pour tes services ?

Milly rougit encore, au comble de l'embarras.

— Elle me le promettait mais elle ne l'a jamais fait. J'étais obligée de m'absenter de mon travail et si je perdais une partie de mon salaire, je n'arrivais plus à payer mon loyer. Une fois, j'ai perdu un emploi à cause de ça et j'ai été obligée de déménager. Je n'aimais pas lui demander de l'argent. Je ne voulais pas être quelqu'un qu'elle payait comme une domestique. Je voulais être une sœur qui lui rendait service et j'espérais qu'elle finirait par être reconnaissante…

Milly se tut à l'approche du serveur. Après avoir passé la commande, Lorenzo demanda :

— Combien de fois as-tu joué les doublures pour elle ?

— Le jour de l'accident, ça aurait été la cinquième fois. Il y a eu deux fois où c'était juste pour entrer et sortir d'une boutique pour laquelle elle faisait de la publicité. Mais la dernière fois, c'était un problème pour moi parce que je devais rester cachée pendant six jours dans la chambre d'hôtel qu'elle avait réservée, si bien que j'ai été obligée de démissionner de mon emploi.

— J'ai appris où elle avait prévu d'aller, révéla Lorenzo au moment où on leur apportait les hors-d'œuvre. Elle devait prendre l'avion pour l'Argentine.

— L'Argentine ? Pourquoi l'Argentine ?

— Sans doute pour rencontrer Scott Lansdale, parce

qu'il tournait un film en extérieur là-bas, répondit Lorenzo d'un ton sarcastique.

— Scott Lansdale ? L'acteur ? murmura Milly avec excitation, à la fois incrédule et impressionnée. Mais il est marié !

— Elle avait une liaison avec lui, sans doute parce qu'elle croyait qu'il la proposerait pour un rôle dans son prochain film. Brooke ne couchait pas avec les hommes par amour ou par désir. Elle choisissait des amants susceptibles d'être utiles à sa carrière. S'ils décevaient ses espoirs, elle les laissait tomber.

— Tu parles comme si c'était arrivé plus d'une fois pendant votre mariage.

Le serveur apporta le vin, mais Milly écarta son verre et prit de l'eau à la place.

— C'est le cas, acquiesça Lorenzo. Le sexe n'était qu'une arme parmi d'autres dans son arsenal. La première fois que je l'ai découvert, elle m'a menti. Je n'ai plus jamais couché avec elle. Nous vivions déjà chacun notre vie quand j'ai entamé la procédure de divorce.

— Alors contrairement à ce que tu m'as dit, les rumeurs étaient fondées ?

— En effet. À l'époque je ne voulais pas te perturber en te dévoilant la vérité sur notre mariage… enfin, mon mariage avec Brooke.

Milly baissa les yeux. Cette discussion lui en apprenait beaucoup sur Lorenzo. Il avait demandé le divorce dès qu'il avait compris qu'il n'y avait aucune chance de sauver son mariage. Pas étonnant qu'au départ il se soit montré aussi fuyant avec elle…

— Pourquoi Brooke t'a-t-elle épousé ?

— Son trust ne lui permettait pas de s'offrir les marques de luxe qu'elle adorait et ma fortune lui garantissait un pouvoir d'achat illimité. Notre mariage l'a également propulsée au sommet de l'échelle sociale, ce qui lui donnait plus de chances de rencontrer des personnalités influentes dans le monde du cinéma et de la télévision.

Milly déglutit péniblement.

— Tu crois qu'elle ne t'a jamais aimé ? Qu'elle t'a épousé uniquement par intérêt ?

Lorenzo haussa les épaules.

— Elle m'a trompé si peu de temps après le mariage qu'il est impossible qu'elle m'ait aimé. Elle ne m'a jamais donné aucune raison de penser le contraire. Je tiens à être honnête avec toi à ce propos. Je ne la haïssais pas et je ne souhaitais bien évidemment pas sa mort, mais au bout d'un an de mariage, je ne me faisais plus aucune illusion à son sujet.

Alors que le serveur arrivait avec le plat de résistance, Milly se remémora la façon dont Lorenzo avait veillé sur elle après l'accident. Il avait fait abstraction de ses sentiments personnels pour accomplir ce qu'il estimait être son devoir. Vu qu'elle était restée plus d'un an dans le coma, ça dénotait une force de caractère impressionnante.

— Je suis heureuse que tu aies décidé que tu pouvais enfin me dire la vérité, reconnut-elle avec sincérité.

Mais comment la conversation avait-elle dévié à ce point du sujet qu'elle avait prévu d'aborder ? Peu importait. Finalement, elle n'avait pas envie de lui annoncer sa grossesse dans un lieu public. Ce n'était pas approprié. Elle lui parlerait quand il la raccompagnerait.

— J'espère qu'ainsi la situation est plus claire et l'atmosphère plus légère. À présent, tu vas peut-être m'expliquer ce qui est trop « personnel » pour être traité par mes avocats, ajouta Lorenzo dans un murmure.

Le cœur de Milly se mit à battre si fort qu'elle eut soudain du mal à respirer. Mais elle secoua la tête.

— Je te le dirai dès que nous arriverons à l'appartement.

Il arqua les sourcils.

— Pourquoi ce mystère ?

— J'estime que le cadre sera plus approprié, répliqua-t-elle avec raideur.

Dès qu'ils sortirent du restaurant, des flashs crépitèrent tout autour d'eux. Aveuglée, elle tressaillit. Lorenzo posa la main dans son dos d'un geste protecteur et l'entraîna sans se presser vers la limousine, tandis que des questions fusaient de toutes parts.

— Mon Dieu, nous n'aurions jamais dû aller dans un lieu public ensemble ! s'exclama-t-elle une fois installée à l'arrière de la limousine. Pourquoi as-tu pris ce risque ? Avant que tu aies le temps de réagir, j'aurai été identifiée !

— Et alors ? rétorqua Lorenzo d'un ton impatient. Nous n'avons rien fait de mal ni l'un ni l'autre et personne ne sait ce qui s'est passé entre nous. Ça ne regarde personne, d'ailleurs. Mais j'estime qu'il est largement temps que cette relation s'affiche au grand jour.

Milly resta sans voix. Venait-il vraiment de suggérer qu'ils avaient toujours une relation ? Elle descendit de voiture et suivit Lorenzo dans l'ascenseur, les jambes tremblantes. Il s'adossa à la paroi et l'enveloppa d'un regard pénétrant qui fit naître une chaleur familière au creux de ses reins.

— Je n'ai pas l'habitude que tu me caches des secrets, déclara-t-il. Tu as toujours été très franche.

Au souvenir de sa déclaration d'amour, elle réprima une grimace de dépit. Comme elle était naïve au tout début !

— Je n'ai pas changé, mais j'ai peut-être appris à être plus discrète.

Lorsqu'ils arrivèrent dans l'appartement, elle gagna directement le salon, laissant Lorenzo la suivre.

— Eh bien, je suppose que c'est enfin le moment de la grande révélation, déclara-t-il d'un ton pince-sans-rire.

Elle inspira si profondément qu'elle en eut le vertige et dut se tenir au dossier d'un fauteuil. Nul doute qu'il allait perdre très vite l'envie de plaisanter…

— Je suis enceinte.

Les yeux noirs de Lorenzo s'écarquillèrent.

— *Enceinte* ?

Elle s'assit sur le canapé en soupirant.

— De presque trois mois, parce que lorsque nous étions ensemble je n'utilisais aucun moyen de contraception et tu ne prenais aucune précaution.

— *Enceinte* ? répéta Lorenzo d'un air hébété. De *moi* ?

— Oh… tu es stérile ? ironisa-t-elle, les joues en feu.

Comment osait-il lui poser une question aussi impardonnable ?

— Tu ne me l'as jamais précisé.

Il se laissa tomber en face d'elle sur l'autre canapé, en la fixant de ses yeux d'un noir de jais. Elle détourna précipitamment les siens. Pourquoi était-il aussi séduisant ? Elle était incapable de le regarder sans perdre le fil de ses pensées. Or ce soir elle avait besoin de garder les idées claires et la tête froide.

— Il est possible que je sois stérile, commenta Lorenzo pensivement. Je n'en sais rien. Le sexe sans protection est un risque que je n'ai jamais pris avec aucune femme… tu es l'unique exception.

Au moment où il fit cet aveu, il prit enfin réellement conscience de ce que Milly venait de lui annoncer. *Enceinte* ? Oui, c'était parfaitement possible. Même s'il n'avait jamais envisagé cette possibilité… Il aurait pourtant dû s'interroger dès qu'il avait appris qu'elle n'était pas Brooke. Dire qu'il n'avait jamais pris de précautions parce qu'il se fiait à un stérilet inexistant !

— *Madre di Dio*, j'ai toujours voulu un enfant, mais pas comme ça…

— Moi non plus, reconnut Milly. J'ai toujours voulu des enfants, mais ce n'est pas vraiment la situation idéale. Mais j'ai bien l'intention de garder mon bébé. L'avortement ou l'adoption sont hors de question.

— Je n'aurais jamais suggéré ni l'un ni l'autre, objecta Lorenzo d'un ton réprobateur.

— Mais il y a une minute tu n'hésitais pas à suggérer que ce bébé n'était peut-être pas de toi. C'était odieux.

— Comment puis-je savoir ce que tu as fait ces dernières semaines ? L'idée que tu étais peut-être avec d'autres hommes m'a rendu fou pendant tout le mois !

Milly secoua la tête.

— Je n'ai jamais été avec aucun autre homme que toi, rétorqua-t-elle avec amertume. J'étais vierge mais tu n'as rien remarqué… et pourtant j'ai eu horriblement mal. Mais comme à l'époque je ne savais pas que j'étais vierge, puisque je me prenais pour Brooke, j'ai pensé que la douleur était due au fait que je n'avais pas fait l'amour depuis longtemps. C'est pour ça que je n'ai même pas pensé à en parler.

Lorenzo bondit.

— Tu étais vierge ?

— Oui. Et j'avais l'intention de le rester tant que je n'aurais pas noué une relation sérieuse.

Lorenzo passa la main dans ses cheveux.

— *Dio mio…* Je suis désolé. Tu aurais dû me dire que je t'avais fait mal.

— Je ne voulais pas gâcher ce moment… Je me croyais en plein sauvetage de mon mariage… le mariage qui n'a jamais existé, conclut Milly d'une voix crispée.

— Ce… Nous… Cette situation est impossible !

— Eh bien, maintenant tu es au courant. Mais tu aurais peut-être préféré que je discute de ce petit problème avec tes avocats…

— Non. Bien sûr que non ! Et notre bébé n'est pas et ne sera jamais un problème, ajouta Lorenzo en arpentant la pièce à grands pas.

« Notre » bébé. Ces paroles firent chaud au cœur de

Milly. Il voulait leur enfant. Elle n'avait jamais osé espérer une réaction aussi positive.

— Je vais faire du thé. Je suis désolée, mais je n'ai pas d'alcool.

Lorenzo lui adressa un sourire radieux tout à fait inattendu.

— Puis-je avoir un café à la place ?

— Bien sûr, répondit-elle joyeusement en se levant.

Elle entra dans la cuisine le cœur battant et les jambes tremblantes.

— Je veux que tu rentres à la maison avec moi ce soir, annonça Lorenzo depuis le seuil de la pièce.

Stupéfaite, elle se retourna vivement.

— Pour quelle raison ferais-je ça ?

— Tu attends mon enfant, répondit-il comme si ça tombait sous le sens. Et tu as beaucoup maigri. Je ne veux pas que tu continues à vivre seule ici.

Elle lui tourna le dos pour brancher la bouilloire, soulagée d'avoir quelque chose à faire pour se donner une contenance.

— Tu m'as *jetée* dehors, Lorenzo. Il n'est pas question que je revienne.

— Je ne t'ai pas *jetée* dehors ! protesta-t-il avec véhémence.

— Ça ne vaut pas la peine de discuter. Tu avais raison quand tu as dit que notre situation était impossible. Alors évitons de nous enfoncer davantage. Laissons les choses comme elles sont.

— Mais les choses telles qu'elles sont ne me plaisent pas du tout ! Cet enfant est aussi le mien et je veux qu'il ou elle bénéficie de toute mon attention dès le début. C'est impossible si nous vivons séparément.

Milly réprima un soupir.

— Je ne suis pas sûre que je t'aurais prévenu si j'avais su que tu deviendrais aussi directif. Je suis enceinte…

Habitue-toi à cette idée. Et une fois que tu auras bien réfléchi à notre histoire, tu te rendras compte que c'était un accident qui n'aurait jamais dû arriver. Ce qui ne nous empêche pas d'entretenir des relations civilisées fondées sur le respect mutuel pour le bien de notre enfant.

Le visage de Lorenzo s'assombrit.

— Je suis en désaccord avec tout ce que tu viens de dire. Je ne pense pas que notre histoire était un accident ni que notre bébé en est un. Je ne veux pas me contenter de relations civilisées avec la mère de mon enfant. Je suis un homme de tradition. Je veux que la mère de mon enfant soit aussi mon épouse.

Le mug que Milly avait dans la main lui échappa et se fracassa contre le sol. Elle recula vivement pour éviter d'être aspergée par le liquide brûlant et elle étouffa un petit cri quand un éclat de porcelaine l'atteignit à la jambe. Puis machinalement, elle se baissa pour ramasser les morceaux.

Lorenzo lui saisit les mains et l'obligea à se redresser.

— Tu t'es brûlée ?

— Non, répondit-elle d'une voix faible.

— Mais ta jambe saigne.

Il la souleva et l'assit sur le comptoir.

— Ce n'est qu'une petite coupure ! protesta-t-elle.

Il prit la trousse de secours accrochée au mur et l'ouvrit tout en examinant sa jambe. Elle inspira profondément pour tenter de se ressaisir. Mais elle n'avait aucun contrôle sur les pensées qui tourbillonnaient dans son esprit. « Je veux que la mère de mon enfant soit aussi mon épouse. » Était-ce une demande en mariage ? Non, impossible. Ce serait de la folie. Elle tressaillit quand il retira le minuscule morceau de porcelaine de son mollet à l'aide d'une pince, avant d'appliquer un pansement sur la coupure comme si elle était une gamine.

— Merci, dit-elle en le regardant ramasser les morceaux de porcelaine et nettoyer le sol.

Elle descendit avec précaution du comptoir et servit une tasse de café qu'elle lui tendit sans un mot quand il eut terminé.

— Oui, j'étais sérieux, affirma-t-il comme s'il lisait dans ses pensées. Je veux que nous nous mariions dès que possible.

— Tu n'es pas en état d'épouser qui que ce soit, surtout moi. Il y a un an et demi, tu étais sur le point de divorcer. Puis tes principes t'ont obligé à rester marié et à jouer la comédie. Tu t'es retrouvé avec moi, mais ce n'était qu'une liaison purement sexuelle et éphémère qui n'a pas résisté aux cahots. À présent tu es seul une fois de plus. Tu as besoin de repartir de zéro avec quelqu'un de nouveau. Moi, tu m'as déjà quittée.

— Et regarde où j'en suis ! s'exclama Lorenzo d'un ton impatient. Je suis de retour et je n'ai pas l'intention de te quitter de nouveau. Et notre histoire n'était ni éphémère ni purement sexuelle.

— Peut-être pas de mon côté, concéda-t-elle. Parce que je croyais t'avoir épousé par amour. Mais aujourd'hui je sais que je n'ai jamais été mariée avec toi... Et sans vouloir t'offenser, Lorenzo, je ne *veux* pas me marier avec un homme qui me demande en mariage uniquement parce que je suis enceinte.

— Eh bien, au moins je sais que mon argent ne t'intéresse pas.

Lorenzo eut un sourire narquois.

Mais tu sais que je te veux et que je veux aussi notre enfant.

— Tu ne peux pas m'acheter comme un forfait en promotion, rétorqua-t-elle en relevant le menton avant de partir en direction du salon avec son thé. Une entente sexuelle exceptionnelle n'est pas suffisante pour bâtir un mariage solide.

— J'étais un amant exceptionnel ? demanda Lorenzo d'une voix rauque juste derrière elle.

Elle faillit laisser tomber un deuxième mug en même temps qu'un sourire involontaire étirait ses lèvres.

— Tu le sais parfaitement… mais il est vrai que je n'ai personne à qui te comparer pour l'instant.

— Pour l'instant ?

Il lui prit le mug des mains et fit asseoir Milly sur un canapé avant de le poser sur la table basse devant elle.

— Si je ne peux pas t'avoir, aucun autre homme ne le peut.

— Je crains que ça ne marche pas comme ça.

Elle soupira.

— Nous sommes libres tous les deux, à présent.

— Tu n'es pas libre tant que tu portes mon bébé.

— Il vaut mieux que tu t'en ailles dès que tu auras bu ton café. Je suis désolée, mais je suis très fatiguée. Entre les nausées et le reste, j'ai tendance à me coucher tôt tous les soirs. Je ne suis pas d'humeur à discuter avec toi.

— Je n'essaie pas de discuter. J'essaie de te faire entendre raison.

— C'est inutile d'insister. Tu dis que tu veux m'épouser, mais tu n'as pas mûri ta décision. Le sexe et un enfant ne suffisent pas à construire un mariage.

— Je sais. Je t'aime, avoua Lorenzo de but en blanc. J'avais prévu d'attendre encore un mois avant de reprendre contact avec toi. Je voulais essayer d'être un homme meilleur que je ne le suis. Je voulais éviter que la presse publie des inepties sur toi et te perturbe. Je pensais que si j'attendais suffisamment longtemps, les paparazzis se désintéresseraient de nous. Mais je suis incapable de vivre encore un mois sans toi. Alors me voilà. Égoïste et faible !

Milly n'entendit que le début de ce discours. Elle était trop abasourdie pour entendre le reste.

— Tu ne peux pas m'aimer, protesta-t-elle faiblement. C'est impossible.

— J'ai commencé à tomber amoureux de toi le jour où tu es sortie du coma. Je tombais un peu plus amoureux à chaque visite. Au début, je me disais que c'était purement sexuel, même s'il y avait des années que je n'étais plus attiré par Brooke. Je supposais qu'une fois que tu aurais retrouvé la mémoire, tu redeviendrais la Brooke dont je gardais le souvenir. Et je savais qu'à ce moment-là, je relancerais la procédure de divorce.

— Mais avant notre départ pour l'Italie, tu avais dit que nous verrions comment les choses évolueraient.

— À ce moment-là, j'espérais secrètement que tu ne retrouverais jamais la mémoire. Mais pour être très franc, je n'avais pas de projets très précis. Une seule chose était claire dans mon esprit. Je ne pouvais pas me résoudre à te perdre. J'étais tombé éperdument amoureux d'une femme généreuse, compatissante, aimante, et je savourais chaque seconde de l'expérience.

Un sourire éclaira le visage de Lorenzo.

— J'ai été merveilleusement heureux avec toi et je veux retrouver ça. Mais cette fois, je veux tout faire dans le bon ordre. Je veux que tu deviennes ma femme.

— Oh…

— Tu ne m'opposes plus un non catégorique ?

— Je réfléchis, marmonna-t-elle, les joues en feu. Pourquoi ne m'as-tu jamais téléphoné ?

— J'essayais d'être fort pour deux. Je pensais que nous aurions plus de chances d'échapper à la presse si personne, y compris toi, ne connaissait mes sentiments pour toi. Cependant, je dois reconnaître que j'ai eu beaucoup de mal à me passer de toi. Je me suis absorbé dans mon travail, mais ça ne m'aidait pas beaucoup. Quand je rentrais chez moi, ce n'était plus vraiment chez moi, parce que tu n'étais pas là. Et la nuit je n'arrivais pas à dormir.

Un sourire étira lentement les lèvres de Milly et sa main se posa d'elle-même sur la joue de Lorenzo.

— Je t'aime, Lorenzo. Tu m'as manqué. Tellement manqué…

Il la serra tendrement dans ses bras.

— Comment peux-tu encore m'aimer après toutes les erreurs impardonnables que j'ai commises ?

Le sourire de Milly s'élargit.

— Si tu étais parfait, tu serais ennuyeux. Mais il faut que tu arrêtes de me cacher certaines choses pour me protéger. Je suis plus forte que tu ne le penses. Oui, les tabloïds auraient sûrement publié des articles très déplaisants si notre relation avait été notoire, mais nous aurions fait front. Nous sommes plus forts ensemble que séparés.

Lorenzo fronça les sourcils.

— Je n'avais jamais considéré la situation sous cet angle.

— Je sais. Ton verre est toujours à moitié vide, alors que le mien est toujours à moitié plein, plaisanta-t-elle. Ne nous soucions pas de l'opinion des autres ni de ce qu'ils racontent. J'ai appris à adopter cette attitude à l'école. Tu as dû avoir une enfance plus protégée que la mienne. J'étais toujours celle qui avait des chaussures démodées, celle à qui on distribuait des repas gratuits parce qu'elle était la pauvre enfant placée…

Lorenzo prit le visage de Milly à deux mains.

— Et maintenant tu vas devenir l'épouse d'un milliardaire.

Elle fronça le nez.

— Ça prouve juste… qu'on *peut* réussir en couchant ! plaisanta-t-elle.

— *Madre di Dio…* Je t'aime tant, *cara mia.*

Lorenzo s'empara de la bouche de Milly avec toute la passion qu'il avait réprimée pendant des semaines. Étroitement enlacés, ils s'embrassèrent avec ferveur, tous deux frustrés depuis trop longtemps pour supporter l'idée de se séparer une seule seconde, ignorant soigneusement

Topsy qui aboyait à leurs pieds. Elle fit reculer Lorenzo contre la baie vitrée et lui arracha sa cravate pendant qu'il continuait de dévorer sa bouche.

— Je suppose que je reste, murmura-t-il avec un sourire malicieux.

— Attends d'être invité.

Elle se tut une demi-seconde avant de déclarer d'un ton faussement solennel :

— Tu es invité.

Il la porta jusqu'à la chambre et la déposa au bord du lit entre ses cuisses musclées. Puis il fit glisser les bretelles de sa robe sur ses bras avec une lenteur délibérée, jusqu'à ce que la robe tombe sur sa taille. Il dégrafa ensuite son soutien-gorge sans bretelles, libérant ses seins somptueux qu'il enveloppa d'un regard ébloui.

— Tu es parfaite.

— Tu n'es pas en état de porter un jugement objectif, plaisanta-t-elle en effleurant son sexe qui tendait le fin tissu de son pantalon à le faire craquer.

— Parfaite, répéta-t-il d'une voix étranglée en posant la main sur son ventre. Tu portes mon bébé… et c'est tout pour moi

— Pour moi aussi…

Ils achevèrent de se déshabiller mutuellement avec des gestes fébriles, puis ils s'abandonnèrent sans réserve à la passion qu'ils avaient eu si peur de ne jamais retrouver.

Un long moment plus tard, Lorenzo écarta des boucles folles du visage de Milly et plongea dans le sien un regard éperdu.

— Dès cet instant, nous repartons de zéro, débarrassés de tous les fantômes du passé, murmura-t-il. La maison a déjà été vidée. J'ai fait mettre de côté pour toi les albums et les photos si tu veux les garder en souvenir, mais j'ai fait don de ses vêtements et de ses bijoux à une organisation caritative. Tout a disparu.

Milly hocha la tête avec un mélange de surprise, de soulagement et de tristesse.

— Sans Brooke, nous ne nous serions pas rencontrés, rappela-t-elle d'une voix douce.

— Je ne peux pas imaginer un monde dans lequel je ne t'aurais pas rencontrée. C'est donc une raison pour moi de lui être reconnaissant.

— Si j'hérite de son trust, j'aimerais en faire don à une organisation caritative également. Je ne pourrais jamais le considérer comme étant à moi. Notre père ne m'a jamais reconnue, et de son côté elle ne m'a jamais donné le sentiment de m'accepter comme sa sœur. Garder cet argent ne serait pas correct de ma part.

— Comme tu veux. Faisons juste en sorte de ne pas laisser le passé empoisonner ce que nous partageons, pria Lorenzo d'un ton pressant.

Elle lui caressa la joue.

— Je t'aime trop, Lorenzo Tassini, pour permettre ça.

Il déposa un baiser sur ses lèvres.

— J'espère que ça veut dire que tu m'aimes assez pour m'épouser bientôt.

Elle arqua les sourcils.

— Qu'entends-tu par « bientôt » ?

— Dans quinze jours ?

— Non, c'est beaucoup trop tôt.

— Si j'avais le choix ce serait demain.

— Pourrions-nous nous marier en Italie ? J'adorerais ça.

Lorenzo eut un sourire joyeux.

— Je pense que ça peut se faire. Et tu auras même le temps de trouver une belle robe blanche.

— Je ne peux pas me marier en blanc, je suis enceinte !

— C'est un concept complètement dépassé. Tu mérites de te marier en blanc, et si je peux m'en mêler c'est ce que tu feras.

C'était touchant de sa part, mais il avait quand même

tendance à être un peu trop autoritaire. Il n'était pas question de le laisser se mêler du choix de sa robe, décida-t-elle.

— Nous verrons…

— Tu dis ça pour m'endormir ? demanda-t-il d'un ton suspicieux.

Elle pouffa.

— C'est possible. Je t'aime. Je n'arrive pas à penser à autre chose pour l'instant.

Les yeux de Lorenzo lancèrent des étincelles.

— Pourquoi penserais-tu à autre chose ? Je t'aime aussi, bien plus que je ne m'en croyais capable, *bellezza mia*.

Milly s'endormit, Lorenzo commença à organiser le mariage en pensée, et Topsy, devinant qu'elle ne serait pas la bienvenue sur le lit à sa place habituelle, se glissa dessous pour un petit somme.

Deux mois plus tard, Milly rectifiait la position de son voile court et se regardait dans la psyché avec un large sourire.

Sa robe était une pure merveille. Manches en dentelle, encolure Bardot mettant les épaules en valeur, corsage ajusté, et jupe à plusieurs couches de tulle et d'organza qui tombait jusqu'au sol. Milly n'avait pas éprouvé le besoin de masquer son ventre rond. Elle était fière de porter sa petite fille. Ils savaient depuis quelques semaines qu'ils allaient avoir une fille et ils aimaient tous les deux le prénom Liona. Mais tandis que Lorenzo espérait que Liona hériterait du teint de sa mère, Milly espérait qu'elle hériterait de celui de son père.

Son bouquet de fleurs des champs à la main, Milly monta dans la voiture qui devait la conduire jusqu'à l'église du village au sommet de la colline. Le principal avocat de Lorenzo lui avait proposé de la conduire jusqu'à l'autel. Ils avaient sympathisé au cours de la procédure destinée à démêler la confusion d'identités, si bien qu'elle avait accepté en riant. D'autant plus qu'il lui avait avoué que tous les avocats du cabinet avaient parié sur le temps qu'il faudrait à Lorenzo pour reconnaître qu'il était tombé éperdument amoureux.

Son regard se concentra sur Lorenzo quand elle entra dans la chapelle bondée. De nombreux amis à lui avaient accepté leur invitation et ils étaient venus passer ce week-end d'automne en Toscane. Beaucoup la connaissaient déjà parce que dès qu'elle était revenue s'installer à Madrigal Court, il avait recommencé à donner des réceptions pour la première fois depuis des années. Au début, sa ressemblance avec Brooke avait tendance à déstabiliser les gens, mais après quelques minutes de conversation ils se détendaient, charmés par sa chaleur et sa simplicité. Ayant trouvé le bonheur et la sérénité, elle se faisait des amis pour la première fois de sa vie.

Les rayons de soleil qui filtraient à travers les vitraux de la chapelle éclairaient l'homme qui l'attendait devant l'autel et qui semblait encore plus grand qu'à l'ordinaire à côté du prêtre, petit et rondelet. Ses yeux de jais étincelaient dans la lumière et un sourire radieux illuminait son visage. Elle lui rendit son sourire tandis qu'il lui prenait la main.

— Tu es radieuse, murmura-t-il sans masquer sa fierté.

La cérémonie fut brève et très simple, sans solennité exagérée. Leur amour et l'enfant qui allait bientôt naître suffisaient à leur bonheur. Ils échangèrent deux fines alliances de platine, puis ils s'embrassèrent avec une ferveur partagée. La réception se déroula à la mairie du village, où le mariage civil avait été célébré un peu plus tôt, dans une ambiance chaleureuse et joyeuse, à l'image de la mariée. Lorenzo avait acheté un yacht, un acte inhabituel de consommation ostentatoire qui lui avait valu les railleries de ses collègues, et ils devaient partir en croisière dans les Caraïbes quelques jours plus tard.

Mais la première soirée de leur mariage, ils avaient choisi de la passer dans le calme de la ferme au milieu des collines. Ils dînèrent aux chandelles sur la terrasse sous un ciel étoilé avant de se retirer dans leur chambre.

— Alors, heureux ? plaisanta Milly, alors que Lorenzo l'aidait à enlever sa robe.

Il parsema ses épaules de baisers avant de répondre.

— Oui, à présent que tu es officiellement à moi, j'ai le bonheur plus serein, avoua-t-il.

— Personne ne va nous priver de notre bonheur, dit-elle en se retournant vers lui.

Son décolleté bâilla sur sa poitrine tandis qu'elle dégageait ses bras des manches en dentelle, puis le corsage glissa jusqu'à sa taille.

— Nous l'avons mérité. Toi tout particulièrement, pendant les longues semaines où tu as veillé sur moi quand j'étais dans le coma.

— Non, je ne te mérite toujours pas, murmura Lorenzo d'une voix rauque, incapable de détourner son attention des seins somptueux offerts à son regard.

Milly laissa tomber la robe à ses pieds.

— Bien sûr que si. Tu mérites le bonheur comme tout le monde. Et ton bonheur c'est moi.

— Pas d'objections sur ce point, commenta-t-il en riant.

Il la souleva de terre pour la déposer sur le lit, puis il promena une main possessive sur son ventre.

— Tu es fatiguée ?

— Non, trop heureuse pour ça. C'était une journée merveilleuse. Exactement ce dont je rêvais, murmura-t-elle en enfonçant les doigts dans ses cheveux tandis qu'il l'embrassait dans le cou. Oh… recommence ça… s'il te plaît…

Il pouffa.

— Je t'aime à la folie, Milly.
— Je t'aime aussi, Lorenzo…
— Et cette petite fille que tu nous donnes sera aussi spéciale que toi.

Liona ne fit pas mentir son père. Elle vint au monde avec le même appétit de vivre que sa mère.

Deux ans plus tard elle fut suivie par Pietro, aussi brun que sa sœur était blonde, et plus sérieux de nature.

Quatre ans après la naissance de Pietro, alors que ses parents croyaient la famille au complet, le destin leur fit la surprise d'une petite Clara, blonde aux yeux noirs et au sourire malicieux.

Retrouvez en décembre 2020,
dans votre collection

AZUR

La promise de Noël, de Lynne Graham - N°4279
Leo Romanos est un homme d'affaires et certainement pas du genre à s'encombrer d'une famille. Seulement, quand à la veille de Noël il se retrouve brusquement tuteur de ses quatre neveux orphelins, il n'a d'autre choix que de trouver une épouse pour l'épauler. Aussi se résout-il à demander en mariage la jolie Letty, qui a cruellement besoin d'argent pour sauver sa famille de la ruine. Entre eux, il ne s'agira que d'un pur arrangement… s'il parvient à ignorer l'attraction qui le pousse vers son innocente promise !

La dette de Monte-Carlo, de Caitlin Crews - N°4280
« Vous m'avez sauvée. » Si Julienne est de retour au Grand Hôtel de Monte-Carlo, c'est dans le but de rencontrer Cristiano Cassara. Dix ans plus tôt, l'homme d'affaires l'a tirée de la misère pour lui offrir un travail et une nouvelle vie – sans jamais rien demander en retour. Toutes ces années, Julienne a pensé à son bienfaiteur et à la façon dont elle pourrait le remercier. Et, aujourd'hui qu'il pose sur elle ce regard intense qui a hanté ses nuits, elle sait exactement comment lui payer sa dette…

Un trône pour Samia, de Susan Stephens - N°4281
Bientôt, Luca Fortebracci accomplira son destin royal. Il montera sur le trône de Madlena, au côté de l'épouse idéale qu'il aura choisie. Pourtant, avant cela, il compte bien profiter de ses derniers instants de liberté sur son luxueux yacht. Au cours de sa croisière en Méditerranée, il rencontre la mystérieuse Samia. Belle, mais loin de posséder les attributs royaux qu'il recherche chez sa future femme, elle l'attire irrésistiblement. Au point que Luca, tout en sachant qu'ils n'ont aucun avenir ensemble, décide de la séduire…

**Scandaleuse nuit londonienne,
de Lucy King - N°4282**
Nom : Kate Cassidy. Ville : Londres. Expériences sentimentales : aucune.
En rejoignant une agence d'escort-girl pour arrondir ses fins de mois difficiles, Kate n'a pas l'intention d'offrir à ses clients autre chose que des conversations sages au restaurant. Hélas, Theo Knox, le meilleur ami de son frère, s'est mis dans la tête de la protéger des hommes trop entreprenants. Et pour cela, c'est lui-même qui veillera sur elle – chaque jour et peut-être la nuit aussi…

Un prince pour patron,
de Michelle Conder - N°4283

Pour Cassidy, être l'assistante personnelle de Logan d'Arrantino est un défi quotidien. Non seulement elle travaille sans relâche pour satisfaire son patron intransigeant, mais il lui faut surtout taire les sentiments qu'elle éprouve secrètement pour lui. Hélas, leur relation se complique encore quand Logan est brusquement contraint de devenir roi. Car il exige que Cassidy l'accompagne en son palais…

La fuite d'une héritière, de Susan Meier - N°4284

En tant que riche héritière, Morgan a toujours fait ce que sa famille attendait d'elle. Pourtant, alors que son père la conduit à l'autel, elle prend soudain conscience qu'elle ne veut pas de ce mariage huppé – et encore moins de celui qu'elle s'apprête à épouser. Alors elle fuit ! Bientôt rattrapée par Riccardo Ochoa, l'associé de son père chargé de la ramener à la maison, elle parvient à le convaincre de lui accorder deux semaines. Deux semaines de liberté qui, passées au côté du bel Espagnol, pourraient bien devenir pure volupté…

L'époux grec d'une princesse,
de Julia James - N°4285

Pour sauver de la faillite sa famille exilée, la princesse Elizsaveta est prête à tout. Et même à contracter un mariage de convenance avec un homme qu'elle ne connaît pas ! Dès ses noces avec Leon Dukaris, son sens du devoir est pourtant mis à rude épreuve. Entre Leon et elle, le désir est sauvage, irrépressible. Or, si Leon a clairement énoncé qu'il ne sera jamais question d'amour entre eux, Eli sent poindre en elle des sentiments sincères et inavouables pour son époux grec…

Le secret d'Enzo Cardinali,
de Jackie Ashenden - N°4286

SÉRIE : *HÉRITIERS ITALIENS* - 1/2

Cela fait quatre ans qu'Enzo Cardinali tente d'oublier la passion qu'il a connue avec la douce Matilda. Or, alors qu'il pensait ne jamais revoir celle qui l'a quitté sans un mot d'adieu, voilà qu'il la retrouve sur une île des Cotswolds… dotée d'un petit garçon. Un enfant qui a les mêmes yeux dorés que lui. Dès lors, Enzo est résolu à revendiquer sa paternité et à révéler au monde que le royaume de Monte Santa Maria a désormais un héritier !

L'enfant des dunes, d'Annie West - N°4287

SÉRIE : *FRÈRES DU DÉSERT* - 1/2

Enlevés dans le désert, retenus captifs dans une même cellule sombre... Ashraf et Tori unissent leurs forces et leurs corps, durant une nuit aussi dangereuse que voluptueuse. Sauvés in extremis le lendemain, tous deux sont hélas séparés. Aussi, c'est avec stupeur que Tori retrouve Ashraf quelques mois plus tard. L'homme qu'elle croyait mort se révèle être le prince de Za'daq, et il ignore encore qu'un bébé est né de leur étreinte inoubliable...

Une étreinte royale, de Jennifer Faye - N°4288

SÉRIE : *LE NOËL DES CATTANEO* - 2/3

Le poids des responsabilités pèse lourd sur les épaules de Noémi, puissante héritière de la dynastie Cattaneo... Durant une nuit à Milan, pourtant, elle oublie ses soucis entre les bras du sublime Max dont elle ignore tout. Quelle n'est pas sa stupéfaction de le retrouver trois mois plus tard dans la station de ski familiale de Mont-Cœur et de découvrir que Maximilien est prince ! En cette veille de Noël, doit-elle lui révéler que leur étreinte passionnée n'a pas été sans conséquence, puisqu'elle attend un enfant de lui ?

À la merci du milliardaire russe, de Dani Collins - N°4289

Cent mille livres contre une nuit de passion ? Claire sent un mélange de honte et de colère l'envahir. Pour qui la prend Aleksy Dmitriev pour oser lui faire une telle proposition ? Bien sûr, elle a plus que jamais besoin de cet argent – puisque ce même Aleksy vient de détruire sa vie – mais, si cet odieux milliardaire pense pouvoir acheter ses faveurs, il se trompe lourdement ! Et elle va le lui dire. Sauf que, sous le regard brûlant d'Aleksy, Claire sent malgré elle une fièvre inconnue s'emparer de tout son être. Pour une nuit, une seule, peut-elle céder au désir que lui inspire cet homme qui ne voit en elle qu'une vulgaire croqueuse de diamants ?